Y fersiwn Gymraeg

Y cyhoeddiad Cymraeg © Atebol Cyfyngedig, Adeiladau'r Fagwyr, Llanfihangel Genau'r Glyn, Aberystwyth, Ceredigion SY24 5AQ

Cyhoeddwyd gan Atebol Cyfyngedig yn 2018

Addaswyd i'r Gymraeg gan Mared Llwyd

Dyluniwyd gan Owain Hammonds

Golygwyd gan Adran Olygyddol Cyngor Llyfrau Cymru

Cyhoeddwyd gyda chymorth ariannol Cyngor Llyfrau Cymru

www.atebol.com

David Walliams

Rhyw Ddrwg yn y Caws

Addasiad gan Mared Llwyd
Darluniwyd gan Tony Ross

atebol

Rhyw Ddrwg
yn y Caws

I Frankie, y bachgen â'r wên brydferth – D.W.

I Hopcyn a Deio – M.Ll.

Dyma gymeriadau'r stori hon:

Dad, tad Begw

Bryn, dyn gwerthu byrgyrs

Begw, merch fach

Ceridwen,
llysfam Begw

Mr Llwyd,
y prifathro

Miss Corr,
athrawes
fechan

Huw, perchennog
siop bapur

Tanwen Tomos,
y bwli lleol

Cochyn,
bochdew marw

Llywarch,
llygoden fawr fyw

1

Anadl Creision Prôn Coctel

Roedd y bochdew wedi marw.

Ar ei gefn.

A'i draed yn yr awyr.

Wedi. Marw.

A dagrau'n llifo i lawr ei bochau agorodd Begw ei gaetsh. Roedd ei dwylo'n crynu a'i chalon yn torri. Wrth osod corff bach blewog Cochyn ar y carped treuliedig teimlai na fyddai byth yn gwenu eto.

"Ceridwen," galwodd Begw ar dop ei llais. Er gwaethaf ymbilio diddiwedd ei thad, gwrthodai Begw alw'i llysfam yn 'Mam'. Doedd hi byth wedi gwneud a thyngodd lw iddi hi ei hun na fyddai byth yn gwneud chwaith. Fyddai neb yn cymryd lle mam Begw – nid bod ei llysfam yn trio gwneud, hyd yn oed.

"Ca' dy lap. 'Wi'n gwylio'r teledu ac yn stwffo'n chops!" daeth llais sarrug y ddynes o'r ystafell fyw.

"Ond ... Cochyn!" galwodd Begw. "Dydi o ddim yn dda!"

Roedd hynny'n ddweud cynnil.

Gwelsai Begw ddrama ysbyty ar y teledu un tro lle roedd nyrs yn ceisio adfywio hen ddyn ar ei wely angau, felly gwnaeth ymgais daer i adfywio'i bochdew trwy chwythu'n ysgafn i'w geg agored. Weithiodd hynny ddim. Na'i hymgais i gysylltu calon y creadur bach â batri AA gan ddefnyddio clip papur.

Roedd y bochdew bach yn oer ac yn stiff.

"Ceridwen! Plis wnewch chi helpu!" gwaeddodd y ferch fach.

Llifo'n dawel wnaeth dagrau Begw i gychwyn cyn iddi ryddhau llef anferthol. O'r diwedd clywodd ei llysfam yn ymlwybro'n anfodlon ar hyd cyntedd y fflat bychan a oedd wedi'i leoli ar yr hanner canfed llawr mewn bloc enfawr. Gwnâi'r ddynes synau hurt i gyfleu ymdrech enfawr bob tro y byddai'n rhaid iddi wneud rhywbeth. Roedd hi mor ddiog fel y byddai'n gorchymyn Begw i bigo'i thrwyn ar ei rhan, er bod Begw'n gwrthod gwneud bob tro, wrth gwrs. Byddai Ceridwen hyd yn oed yn griddfan wrth newid y sianel gyda rheolydd y teledu.

"Yyy, yyy, yyy, yyy ..." chwythodd Ceridwen wrth iddi daranu i lawr y cyntedd. Er mai dynes reit fyr oedd llysfam Begw, roedd ei lled bron cymaint â'i thaldra.

Mewn gair roedd hi'n ... belen.

Cyn hir synhwyrodd Begw fod y ddynes yn sefyll yn y drws yn atal y goleuni o'r

cyntedd fel eclips lloerol. Yn ogystal, clywai Begw arogl melys-gyfoglyd creision prôn coctel. Roedd ei llysfam wrth ei bodd â nhw. Yn wir, broliai iddi wrthod bwyta unrhyw beth arall er pan oedd yn ddim o beth, gan boeri unrhyw fwyd arall yn ôl yn wyneb ei mam. Credai Begw fod y creision yn drewi, ac nid o gorgymychiaid, hyd yn oed. Ac, wrth gwrs, roedd anadl y ddynes yn drewi hefyd.

Hyd yn oed rŵan, a hithau'n sefyll yn y drws, cydiai llysfam Begw mewn pecyn o'r byrbryd afiach ag un llaw gan stwffio'i hwyneb â'r llaw arall, gan arolygu'r sefyllfa. Yn ôl yr arfer gwisgai grys-T gwyn, budr, pâr o legins du a sliperi pinc fflwfflyd. Roedd y darnau o groen nad oeddent o dan ddillad wedi'u gorchuddio â thatŵs. Roedd ei breichiau'n drwch o enwau ei chyn-wŷr, pob un bellach â llinell drwyddo:

"O, diar," poerodd y ddynes, ei cheg yn llawn o greision. "O diar, o diar, trist iawn, iawn. Torcalonnus. Ma'r hen beth bach wedi cico'r bwced!" Pwysodd dros ei llysferch a syllu i lawr ar y bochdew marw. Tasgodd cawod o ddarnau creision wedi hanner eu cnoi dros y carped wrth iddi siarad.

"Diar o diar o diar a hynna i gyd," ychwanegodd, mewn llais na swniai'n drist o gwbl.

A gyda hynny tasgodd darn mawr o greisionyn wedi hanner ei gnoi o geg Ceridwen a glanio ar wyneb fflwfflyd y peth bach. Roedd yn gymysgedd o greision a phoer.* Sychodd Begw o i ffwrdd yn dyner a disgynnodd deigryn o'i llygad ar ei drwyn pinc, oer.

"Hei, 'wi wedi cael syniad!" meddai llysfam Begw. "Fe orffenna i'r creision 'ma nawr a fe gei di hwpo'r peth bach 'na mewn i'r bag. 'Wi ddim am ei gyffwrdd e fy hunan. 'Wi ddim moyn dala unrhyw haint."

Cododd Ceridwen y bag uwch ei cheg ac arllwys briwsion olaf y creision prôn coctel i lawr ei gwddf barus. Yna cynigiodd y bag gwag i'w llysferch. "'Co ti. Hwpa fe mewn fan hyn, glou, cyn iddo fe ddechrau drewi."

Bu bron i Begw ebychu'n uchel o sylweddoli annhegwch geiriau ei llysfam. Anadl creisionllyd

---

* *Yr enw technegol am hyn yw 'croer'.*

Ceridwen oedd yn drewi, nid Cochyn druan! Gallai ei hanadl dynnu paent oddi ar wal. Gallai grafu plu oddi ar aderyn a'i adael yn foel. Pe byddai'r gwynt yn newid cyfeiriad byddai chwa annifyr o'i hanadl yn eich cyrraedd ddeng milltir i ffwrdd.

"Dwi ddim yn claddu fy Nghochyn bach annwyl mewn pecyn creision," brathodd Begw. "Dwi ddim yn gwybod pam i fi alw amdanoch chi yn y lle cyntaf. Jyst ewch o 'ma, plis!"

"Er mwyn dyn, ferch!" gwaeddodd y ddynes. "Dim ond trio helpu ro'n i. Y gnawes fach anniolchgar!"

"Wel, dydych chi ddim yn helpu!" gwaeddodd Begw, heb droi i edrych arni. "Jyst ewch o 'ma. Plis!"

Caeodd Ceridwen y drws yn glep ar ei hôl wrth daranu o'r ystafell gan achosi i ddarn o blaster ddisgyn o'r nenfwd.

Gwrandawodd Begw wrth i'r ddynes y gwrthodai ei galw'n 'Mam' ymlwybro'n droetrwm yn ôl i'r gegin, heb os er mwyn rhwygo bag enfawr arall o greision prôn coctel ar agor a stwffio'i hwyneb. Gadawyd y ferch fach ar ei phen ei hun yn ei hystafell wely fechan â'i bochdew marw yn ei breichiau.

Ond sut buodd o farw? Gwyddai Begw fod Cochyn yn ifanc iawn, hyd yn oed mewn blynyddoedd bochdew.

A gafodd ei lofruddio? meddyliodd.

Ond pa fath o berson fyddai eisiau llofruddio bochdew bach diniwed?

Wel, cyn i'r stori hon ddod i ben fe fyddi di'n gwybod. Ac fe fyddi di hefyd yn dod i ddysgu bod yna bobl sy'n gwneud pethau llawer, llawer gwaeth. Mae dyn creulona'r byd yn llechu rhywle rhwng cloriau'r llyfr hwn. Darllena ymlaen, os wyt ti'n ddigon dewr ...

2

Merch Fach Arbennig Iawn

Cyn i ni gwrdd â'r unigolyn milain hwn mae angen i ni fynd yn ôl i'r cychwyn.

Er i'w mam go iawn farw pan oedd hi'n fabi, cafodd Begw fywyd hapus dros ben. Bu Begw a'i thad yn dîm o'r cychwyn a cafodd y ferch fach ei chofleidio â chariad. Tra oedd Begw yn yr ysgol âi ei thad i weithio yn y ffatri hufen iâ leol. Roedd o wedi gwirioni ar hufen iâ er pan oedd yn fachgen bach, ac roedd o wrth ei fodd yn gweithio yn y ffatri, er bod y swydd yn golygu oriau hir a gwaith caled iawn am gyflog pitw.

Yr hyn a gadwai tad Begw i fynd oedd meddwl am flasau hufen iâ newydd sbon. Ar ddiwedd pob

shifft yn y ffatri byddai'n brysio adref yn gyffrous
wedi'i lwytho â samplau o flasau hynod a gwallgof,
er mwyn i Begw gael bod y cyntaf i'w profi. Yna
byddai'n adrodd yn ôl i'w fòs ar yr hyn roedd hi'n ei
hoffi. Dyma'i ffefrynnau hi:

Sherbert Ffrwydrol

Gwm Swigod Gorfoleddus

Chwildro Triphlyg Siocled, Cnau & Chyffug

Candi-fflos Ansbaredigaethus

Caramel & Chwstard

Syrpréis Mango

Ciwbiau Cola & Jeli

Ewyn Cnau Mwnci & Banana

Pinafal & Licris

Ffrwydrad Sherbert Byrlymog

Ei chas flas hi oedd Malwen & Brocoli. Fedrai tad Begw, hyd yn oed, ddim llwyddo i wneud i'r hufen iâ hwnnw flasu'n dda.

Ni chyrhaeddodd pob un o'r blasau y siopau (yn enwedig ddim Malwen & Brocoli), ond cafodd Begw flasu'r cyfan! Weithiau byddai'n bwyta cymaint o hufen iâ nes teimlo'i bod ar fin ffrwydro. A'r peth gorau oll oedd mai hi, yn aml, fyddai'r unig blentyn yn y byd i brofi rhai o'r blasau. Gwnâi hyn iddi deimlo fel merch fach arbennig iawn.

Ond roedd un broblem.

Gan ei bod hi'n unig blentyn doedd gan Begw neb i chwarae â nhw gartref, heblaw am ei thad, a oedd yn gweithio oriau hir yn y ffatri. Felly erbyn iddi droi'n naw oed, fel llawer o blant eraill, ysai am gael anifail anwes. Doedd dim rhaid mai bochdew oedd yr anifail hwnnw, ond roedd arni angen rhywbeth, unrhyw beth, i'w garu. Rhywbeth a fyddai'n ei charu hi yn ôl, gobeithio. Serch hynny, gan ei bod yn byw ar yr hanner canfed llawr mewn bloc o fflatiau byddai'n rhaid iddo fod yn anifail bach.

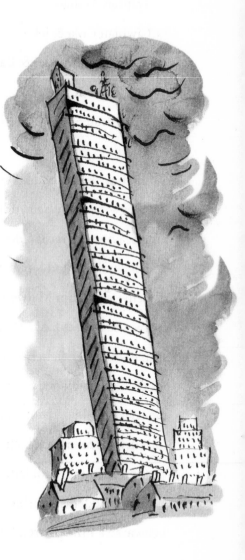

Felly, ar ei phen-blwydd yn ddeg oed, gadawodd tad Begw ei waith yn gynnar a chwrdd â hi wrth gatiau'r ysgol, fel sypréis. Cariodd hi ar ei ysgwyddau (roedd hi wrth ei bodd â hynny er pan oedd hi'n fabi) a mynd â hi i'r siop anifeiliaid anwes leol. Yno prynodd fochdew iddi.

Dewisodd Begw y babi bochdew mwyaf fflwfflyd ac annwyl yn y siop a'i alw'n Cochyn.

Roedd Cochyn yn byw mewn caetsh yn ystafell wely'r ferch fach. Doedd Begw'n poeni dim bod Cochyn yn ei chadw ar ddi-hun trwy fynd rownd a rownd ar ei olwyn drwy'r nos. Doedd hi'n poeni dim ei fod yn cnoi ei bysedd weithiau wrth iddi roi bisgedi iddo fel trêt bach. Doedd hi'n poeni dim bod ei gaetsh yn drewi o bi-pi bochdew, hyd yn oed.

Y gwir amdani oedd bod Begw'n caru Cochyn. Ac roedd Cochyn yn caru Begw.

Doedd gan Begw ddim llawer o ffrindiau yn yr ysgol. A dweud y gwir roedd y plant eraill yn ei bwlio am ei bod hi'n fyr, am fod ganddi wallt coch ac am ei bod yn gwisgo brês ar ei dannedd. Byddai un o'r pethau hynny'n unig wedi bod yn ddigon i sicrhau ei bod hi'n cael amser caled. Ond golygai'r tri pheth gyda'i gilydd ei bod wedi taro'r jacpot.

Roedd Cochyn yn fach ac yn gochlyd hefyd, er nad oedd yn gwisgo brês ar ei ddannedd, wrth gwrs. Y ffaith ei fod yn fach ac yn gochlyd a barodd i Begw ei ddewis, fwy na thebyg, o blith y dwsinau o beli bach fflwfflyd yn swatio'n dynn yn ei gilydd y tu ôl i'r gwydr yn y siop anifeiliaid anwes. Rhaid ei bod hi wedi synhwyro eu bod nhw'n ddau enaid hoff cytûn.

Dros yr wythnosau a'r misoedd dilynol dysgodd Begw driciau anhygoel i Cochyn. Er mwyn cael hedyn blodyn haul byddai'n sefyll ar ei draed ôl ac yn perfformio dawns fach. I gael cneuen Ffrengig byddai Cochyn yn troi tin-dros-ben. Ac am lwmp o siwgwr byddai'n troelli ar ei gefn.

Breuddwyd fawr Begw oedd hyfforddi ei chyfaill bach i fod yn fyd-enwog fel y bochdew cyntaf erioed i ddawnsio hip-hop!

COCHYN y Bochdew sy'n Dawnsio Hip-Hop

mae o'n rocio   mae o'n rocio-rowlio

mae o'n rowlio   mae o'n bît-bocsio

mae'n dysgu gwneud naid driphlyg ond heb ei pherffeithio eto!

AR Y DECS - BEGW

Bwriadai gynnal sioe adeg y Nadolig ar gyfer holl blant eraill y stad. Roedd hi hyd yn oed wedi creu poster er mwyn hysbysebu'r digwyddiad.

Ac yna, un diwrnod, daeth Dad adref o'r gwaith â newyddion trist iawn a fyddai'n rhwygo'u teulu bach yn ddarnau ...

3

Dim Byd

"Dwi wedi colli fy swydd," cyhoeddodd Dad.

"Na!" meddai Begw.

"Maen nhw'n cau'r ffatri – yn symud y cyfan i Tsieina."

"Ond fe ddoi di o hyd i swydd arall, yn gwnei?"

"Fe dria i 'ngorau," atebodd Dad. "Ond fydd hi ddim yn hawdd. Bydd llwyth ohonon ni'n chwilio am yr un swyddi."

Roedd Dad yn llygad ei le – doedd hi ddim yn hawdd. A dweud y gwir, roedd hi'n amhosib. Gan fod cymaint o bobl wedi colli eu swyddi ar yr un pryd, cafodd Dad ei orfodi i hawlio arian budd-dâl gan y llywodraeth. Doedd yr arian prin yn ddigon i grafu byw arno. Heb ddim i'w wneud trwy'r dydd aeth Dad i deimlo'n fwyfwy isel. I gychwyn âi i'r Ganolfan Gwaith bob dydd. Ond doedd dim swyddi gwag o fewn can milltir byth ac, o dipyn i beth, dechreuodd fynd i'r dafarn yn lle hynny – gwyddai Begw hynny gan ei bod hi'n reit sicr nad oedd Canolfannau Gwaith ar agor hyd berfeddion nos.

Aeth Begw i boeni mwy a mwy am ei thad. Weithiau credai ei fod wedi digalonni'n llwyr â bywyd. Roedd fel petai colli ei wraig gynta i gyd, ac yna'i swydd, yn ormod iddo.

Ychydig a wyddai fod pethau am fynd yn llawer, llawer gwaeth ...

Cyfarfu Dad â llysfam Begw pan oedd ar ei isaf. Roedd o'n unig ac roedd hithau ar ei phen ei hun wedi i'w gŵr diwethaf farw mewn digwyddiad amheus yn ymwneud â chreision prôn coctel. Ymddengys bod Ceridwen o'r farn y byddai arian budd-dâl gŵr rhif deg yn sicrhau bywyd hawdd iddi, gyda chyflenwad di-ben-draw o sigaréts a chymaint o greision prôn coctel ag y gallai fwyta.

Gan i'w mam go iawn farw pan oedd hi'n fabi fedrai Begw ddim yn ei byw â'i chofio, er iddi drio a thrio. Roedd lluniau o Mam yn arfer hongian ar hyd y fflat i gyd. Roedd gan Mam wên garedig. Byddai Begw'n syllu ar y lluniau, gan drio gwenu'n union yr un fath â hi. Roedden nhw yr un ffunud, heb os, yn enwedig pan oedden nhw'n gwenu.

Ond un diwrnod, pan oedd pawb allan, tynnodd llysfam newydd Begw yr holl luniau i lawr. Rŵan roedden nhw 'ar goll', yn rhyfedd ddigon. Wedi'u llosgi, fwy na thebyg. Doedd Dad ddim yn hoffi siarad am Mam gan fod hynny'n gwneud iddo grio. Ond roedd hi'n fyw o hyd yng nghalon Begw, serch hynny. Gwyddai'r ferch fach fod ei mam go iawn hi wedi'i charu hi'n fawr iawn. Roedd hi'n *gwybod*.

Roedd Begw hefyd yn gwybod *nad* oedd ei llysfam yn ei charu, nac yn ei hoffi rhyw lawer chwaith. Yn wir, roedd Begw'n reit siŵr bod ei llysfam yn ei chasáu. Ar y gwaethaf byddai Ceridwen yn ei thrin fel petai'n mynd o dan ei chroen ac ar y gorau fel petai'n anweledig. Byddai Begw'n clywed ei llysfam yn dweud yn aml ei bod eisiau cael gwared arni o'r tŷ pan fyddai'n ddigon hen i adael.

"Mae'n hen bryd i'r gnawes fach stopio byw oddi ar fy arian i!" Doedd y ddynes byth yn rhoi ceiniog iddi – dim hyd yn oed ar ei phen-blwydd. Y Nadolig hwnnw rhoddodd Ceridwen hances wedi'i defnyddio yn anrheg i Begw, gan chwerthin yn ei hwyneb wrth i'r ferch fach ei hagor. Roedd hi'n llawn baw trwyn.

Yn fuan wedi i lysfam Begw symud i mewn i'r fflat, mynnodd fod y bochdew yn symud allan.

"Ma fe'n drewi!" sgrechiodd.

Serch hynny, wedi cryn dipyn o weiddi a chlepian drysau, cafodd Begw gadw'i hanifail anwes.

Roedd Ceridwen yn parhau i gasáu Cochyn, serch hynny. Cwynai a chwynai fod y bochdew bach yn cnoi tyllau yn y soffa, er mai llwch chwilboeth o'i sigaréts hi oedd yn eu creu nhw mewn gwirionedd! Dro ar ôl tro rhybuddiodd ei llysferch y byddai'n "sefyll ar y diawl bach os dalia i fe mas o'i gaetsh byth".

Gwnâi Ceridwen hwyl am ben ymdrechion Begw i ddysgu Cochyn i ddawnsio hip-hop hefyd.

"Ti'n gwastraffu dy amser 'da'r nonsens 'na. Ddaw dim byd ohonot ti a'r bwbach bach 'na. Ti'n clywed? DIM BYD!"

Fe glywai Begw ond fe benderfynodd beidio â gwrando. Gwyddai fod ganddi ffordd arbennig gydag anifeiliaid ac roedd Dad wastad wedi dweud hynny wrthi.

Yn wir, breuddwydiai Begw am deithio'r byd gyda sioe anifeiliaid enfawr. Byddai'n hyfforddi'r anifeiliaid i wneud campau anhygoel a fyddai, yn ei barn hi, yn cyfareddu'r byd. Roedd hi hyd yn oed wedi gwneud rhestr o'r perfformwyr hynod:

DJ o froga

Crwban dŵr sy'n rapio

Dau gerbil sy'n dawnsio gyda'i gilydd

Eliffant sy'n
canu opera

Asyn sy'n
gwneud triciau

Neidr gantroed sy'n
dawnsio tap

Grŵp pop o foch cwta

Criw o grwbanod sy'n dawnsio stryd

Cath sy'n dynwared cathod

cartŵn enwog

Mochyn sy'n dawnsio bale

Mwydyn sy'n hypnotydd

Buwch sy'n cerdded ar wifren uchel

Morgrugyn sy'n taflu ei lais

Gwahadden fentrus sy'n mwynhau cael ei saethu o ganon

Sioe karate yn cynnwys slefrod môr

Hipopotamws sy'n neidio bynji

Roedd Begw wedi cynllunio'r cyfan. Gyda'r arian a enillai'r anifeiliaid byddai hi a'i thad yn dianc am byth o'r bloc o fflatiau crwca, adfeiliedig. Gallai Begw brynu fflat mwy o lawer i Dad, a gallai hithau ymddeol i dŷ enfawr yn y wlad a sefydlu lloches i anifeiliaid digartref. Gallai'r anifeiliaid redeg yn rhydd yn y gerddi trwy'r dydd a chysgu gyda'i gilydd mewn gwely enfawr yn y nos. 'Does yr un anifail yn rhy fawr na'n rhy fach, caiff pob un ei garu' fyddai'r geiriau ar y glwyd wrth y brif fynedfa.

Yna, ar y diwrnod tyngedfennol hwnnw, cyrhaeddodd Begw adref o'r ysgol a darganfod bod Cochyn wedi marw. A gyda hynny, marw hefyd wnaeth breuddwydion Begw o fod yn hyfforddwraig anifeiliaid fyd-enwog.

Felly, ddarllenydd, yn dilyn y daith fach hanesyddol yna, ry'n ni 'nôl yn y dechrau ac yn barod i fwrw ymlaen â'r stori.

Ond paid â throi yn ôl i'r dechrau – byddai hynny'n wirion bost a byddet ti'n mynd rownd a rownd mewn cylchoedd yn darllen yr un hen dudalennau. Na, ymlaen â thi i'r dudalen nesaf er mwyn i fi fedru parhau â'r stori. Tyrd yn dy flaen. Stopia ddarllen hwn a symuda ymlaen. Rŵan!

4

Hen Fusnes Budr

"Fflysia fe lawr y tŷ bach!" gwaeddodd Ceridwen.

Eisteddai Begw ar ei gwely'n gwrando trwy'r wal ar ei thad a'i llysfam yn dadlau.

"Na!" atebodd Dad.

"Rho fe i fi, y gwalch anobeithiol! Fe hwpa i fe yn y bin!"

Byddai Begw'n aml yn eistedd yn ei hystafell yn ei phyjamas rhy fach, ymhell wedi'i hamser gwely, yn gwrando trwy'r wal denau-fel-papur ar ei thad a'i llysfam yn dadlau. Heno, wrth gwrs, roedden nhw'n gweiddi ac yn sgrechian ynglŷn â Cochyn, a fu farw'r diwrnod hwnnw.

Gan eu bod nhw'n byw mewn fflat ar yr hanner

canfed llawr mewn bloc o fflatiau cyngor adfeiliedig (a wyrai'n ofnadwy i un ochr ac a ddylai fod wedi'i ddymchwel ddegawdau yn ôl) doedd gan y teulu ddim gardd. *Roedd* yna hen barc chwarae yn y sgwâr canolog o goncrid ar gyfer trigolion yr holl flociau ar y stad. Serch hynny, oherwydd presenoldeb y gang lleol, feiddiai neb fentro'n rhy agos ato.

"Ar be ti'n edrych?" gwaeddai Tanwen Tomos ar unrhyw un a âi heibio. Y bwli lleol oedd Tanwen, ac roedd ei chriw o hwdlyms yn eu harddegau yn rheoli'r stad. Er mai dim ond pedair ar ddeg oed oedd hi, gallai wneud i ddyn mewn oed grio, ac fe wnâi hynny'n aml. Bob dydd byddai'n poeri ar ben Begw o'r fflatiau uwchlaw wrth i'r ferch fach gerdded i'r ysgol. A bob dydd byddai Tanwen yn chwerthin, fel petai hynny'r peth doniolaf yn y byd.

Petai'r teulu wedi bod yn berchen ar leindir neu hyd yn oed y darn lleiaf posib o laswellt unrhyw le ar y stad, byddai Begw wedi cloddio bedd bychan â llwy, gosod ei ffrind bach yn y twll a gwneud carreg fedd iddo o ffon lolipop.

Cochyn,

Bochdew annwyl,

Arbenigwr ar ddawnsio hip-hop,

A chorff-fopiwr achlysurol.

Gwelir ei eisiau'n fawr gan ei berchennog a'i ffrind, Begw.

Gorffwys Mewn Hedd.*

Ond, wrth gwrs, doedd ganddyn nhw ddim gardd. Doedd gan neb ardd. Yn lle hynny, roedd Begw wedi lapio'i bochdew yn ofalus mewn tudalen o'i llyfr gwaith Hanes. Pan ddaeth ei thad adref o'r dafarn o'r diwedd, rhoddodd Begw'r pecyn bach gwerthfawr iddo.

Bydd Dad yn gwybod beth i'w wneud ag o, meddyliodd.

**Byddai angen ffon lolipop reit fawr.*

Ond doedd Begw heb ystyried y byddai ei llysfam erchyll yn ymyrryd.

Yn wahanol i'w wraig newydd, roedd Dad yn dal a thenau. Petai hi'n bêl fowlio byddai yntau'n sgitlen, ac, wrth gwrs, mae peli bowlio yn aml yn taro sgitls i'r llawr.

A nawr roedd Dad a Ceridwen yn dadlau yn y gegin ynglŷn â'r hyn y dylid ei wneud â'r pecyn bychan a roddodd Begw i Dad. Roedd Begw'n casáu eu clywed nhw'n gweiddi ar ei gilydd ond roedd heno'n waeth nag arfer.

"Falle gallwn i gael bochdew arall i Begw fach, druan," mentrodd Dad. "Roedd hi mor ofalus ohono fo …"

Goleuodd wyneb Begw am eiliad.

"Wyt ti off dy ben?" gwawdiodd Ceridwen. "Bochdew arall! Ti mor anobeithiol, ti ddim hyd yn oed yn gallu ffindo job arall er mwyn talu am fochdew!"

"*Does* 'na ddim swyddi," plediodd Dad.

"Ti jyst yn rhy ddiog i ffindo un, y diawl anobeithiol!"

"Galla i ddod o hyd i ffordd, er mwyn Begw. Dwi'n caru fy merch fach gymaint. Gallwn i drio cynilo peth o fy arian budd-dâl—"

"Dyw hwnnw prin yn ddigon i 'nghadw i mewn creision prôn coctel, heb sôn am fwydo bwystfil fel'na."

"Gallen ni roi sbarion iddo fo," protestiodd Dad.

"'Wi ddim yn cael un arall o'r creaduriaid afiach 'na yn fy fflat i!" meddai'r ddynes.

"Dim creadur afiach ydi o, ond bochdew!"

"Smo nhw ddim gwell na llygod mawr," aeth Ceridwen yn ei blaen. "Gwaeth! 'Wi'n gweithio trwy'r dydd ar fy mhenglinie'n cadw'r fflat 'ma fel pin mewn papur."

Dyw hi'n gwneud dim o'r fath, meddyliodd Begw. *Ma'r fflat yma'n hofel!*

"Ac wedyn ma'r hen beth bach afiach 'na'n dod ac yn neud ei fusnes ych-a-fi ym mhobman!" daliai Ceridwen i gwyno. "A thra 'mod i'n sôn am bethe o'r fath, gallet ti anelu'n well yn y tŷ bach hefyd!"

"Sorri."

"Be ti'n neud? Rhoi *sprinkler* ar ei blaen hi?"

"Paid â siarad mor uchel, ddynes!"

Roedd Begw'n darganfod, unwaith eto, bod gwrando'n gyfrinachol ar dy rieni'n siarad yn gallu bod yn gêm beryglus iawn. Rwyt ti wastad yn clywed pethau y byddai'n well gen ti beidio. Beth bynnag, doedd Cochyn *ddim* yn gwneud ei fusnes ym mhobman. Gwnâi Begw'n siŵr bob amser, wedi iddi ei adael o'i gaetsh i redeg o gwmpas ei hystafell wely heb yn wybod i neb, ei bod hi'n codi unrhyw faw o'r llawr â phapur tŷ bach ac yn ei fflysio'n ddiogel i lawr y lle chwech.

"Fe a' i â'r caetsh lawr i'r siop wystlo, 'te" meddai Dad. "Falle y caf i bunt neu ddwy amdano."

"'*Wi* am fynd â fe lawr i'r siop," meddai ei wraig yn ymosodol. "Byddi di jyst yn gwario'r arian yn y dafarn."

"Ond—"

"Nawr rho'r hen beth bach afiach 'na yn y bin."

"Fe wnes i addo i Begw y byddwn i'n ei gladdu fo'n iawn yn y parc. Roedd hi'n caru Cochyn. Fe ddysgodd hi driciau iddo fo a phopeth."

"Ro'n nhw'n pathetig. PATHETIG! Bochdew yn dawnsio hip-hop? Rwtsh llwyr!"

"Dydi hynna ddim yn deg!"

"A dwyt ti ddim yn mynd mas heno 'to. 'Wi ddim yn dy drysto di. 'Nôl lawr yn y dafarn fyddi di."

"Ma'r dafarn wedi cau erbyn hyn."

"O dy nabod di, fyddi di jyst yn aros tu fas nes iddyn nhw agor bore fory ... Nawr dere mlân, rho fe i fi!"

Clywodd Begw droed dew ei llysfam yn agor y bin pedal ac yna sŵn rhywbeth yn cael ei ollwng yn glewt iddo.

A dagrau'n llifo i lawr ei hwyneb gorweddodd Begw yn ei gwely, gan dynnu'r gorchudd dros ei phen. Trodd i'w hochr dde. Yn yr hanner golau syllodd ar y caetsh fel y gwnâi bob nos.

Roedd yn dorcalonnus ei weld yn wag. Caeodd y ferch fach ei llygaid ond fedrai hi ddim cysgu. Roedd ei chalon yn brifo, ei hymennydd yn troi a throelli. Roedd hi'n drist, yn flin, yn drist, yn flin, yn drist. Trodd i'w hochr chwith. Efallai y byddai'n haws mynd i gysgu wrth wynebu'r wal fudr yn hytrach na'r caetsh gwag. Caeodd ei llygaid eto, ond yr unig beth ar ei meddwl oedd Cochyn.

Er hynny, doedd meddwl ddim yn beth hawdd i'w wneud â'r holl sŵn a ddeuai o'r fflat drws nesaf. Wyddai Begw ddim pwy oedd yn byw yno – prin bod trigolion y bloc o fflatiau yn ymwneud yn agos â'i gilydd – ond fe glywai sŵn gweiddi bob nos, bron. Swniai fel dyn yn gweiddi ar ei ferch, a fyddai'n aml yn crio, ac roedd Begw'n teimlo drosti, pwy bynnag oedd hi. Pa mor wael bynnag y teimlai Begw oedd ei bywyd hi ei hun, swniai bywyd y ferch hon yn waeth.

Ond llwyddodd Begw i gau'r sŵn gweiddi allan, gan syrthio i gysgu'n breuddwydio am Cochyn yn dawnsio hip-hop yn y nefoedd …

5

Baw

Ymlwybrodd Begw'n fwy amharod nag arfer i'r ysgol y bore canlynol. Roedd Cochyn wedi marw, a'i breuddwydion hithau wedi marw gydag o. Wrth i Begw gerdded allan o'r stad, poerodd Tanwen ar ben y ferch fach, fel y gwnâi bob amser. Wrth iddi sychu'r poer o'i gwallt â thudalen o un o'i llyfrau nodiadau, gwelodd Begw Dad yn ei gwrcwd draw wrth un o'r patsys pitw o laswellt.

Edrychai fel petai'n cloddio ag un o'i ddwylo.

Trodd i edrych arni'n gyflym, fel petai wedi cael braw.

"O, helô, 'nghariad i."

"Beth wyt ti'n neud?" gofynnodd Begw.

Pwysodd dros ei thad, er mwyn gweld beth oedd yn digwydd, a gwelodd fod y pecyn bach oedd yn cynnwys Cochyn wedi'i osod ar y llawr yn ymyl pentwr bychan o bridd.

"Paid â dweud wrth dy fam …"

"Llysfam!"

"Paid â dweud wrth dy lysfam, ond fe achubais i'r boi bach o'r bin."

"O, Dad!"

"Mae Ceridwen yn rhochian cysgu o hyd. Dwi ddim yn meddwl ei bod hi wedi clywed unrhyw beth. Roedd Cochyn yn golygu cymaint i ti a ro'n i isio rhoi, wyddost ti, angladd iawn iddo fo."

Gwenodd Begw am eiliad, ond sylweddolodd ei bod yn crio hefyd.

"O, Dad, diolch o galon i ti …"

"Dim gair am hyn wrthi hi, cofia, neu bydd hi'n fy lladd i."

"Na, wrth gwrs."

Penliniodd Begw yn ei ymyl, cododd y pecyn bychan a gollyngodd Cochyn i'r twll bach a gloddiodd ei thad.

"Dwi hyd yn oed wedi cael gafael ar un o'r rhain fel carreg fedd. Un o'r hen ffyn lolipop o'r ffatri."

Tynnodd Begw hen feiro wedi'i gnoi o'i phoced a sgriblo 'Cochyn' ar y ffon lolipop, er nad oedd lle i'r 'n', mewn gwirionedd, felly fe ddywedai:

COCHY

Llenwodd Dad y twll a safodd y ddau yn ôl er mwyn edrych ar y bedd bychan.

"Diolch, Dad. Ti yw'r gorau …"

Roedd Dad yn crio rŵan.

"Beth sydd o'i le?"

"Na, nid fi yw'r gorau. Mae'n wir ddrwg gen i, Begw. Ond dwi yn mynd i ddod o hyd i swydd arall un diwrnod. Dwi'n gwybod fy mod i ..."

"Dad, dydi swydd ddim yn bwysig. Dwi jyst isio i ti fod yn hapus."

"Dwi ddim isio i ti 'ngweld i fel hyn ..."

Dechreuodd Dad gerdded i ffwrdd. Tynnodd Begw ar ei fraich, ond fe'i hysgydwodd o'i gafael a cherdded i gyfeiriad y bloc o fflatiau.

"Tyrd i gwrdd â fi wrth gatiau'r ysgol yn nes 'mlaen, Dad. Gallwn ni fynd i'r parc, a galli di fy ngharïo i ar dy ysgwyddau. Ro'n i'n arfer bod wrth fy modd efo hynny. Dydi o'n costio dim."

"Sorri. Bydda i yn y dafarn. Gobeithio y cei di ddiwrnod da yn yr ysgol," gwaeddodd, heb droi yn ôl i edrych. Roedd o'n cuddio'i dristwch wrth ei ferch, fel y gwnâi bob amser.

Gallai Begw glywed ei stumog yn sgrechian gan newyn. Chafon nhw ddim swper neithiwr gan fod

Ceridwen wedi gwario'r arian budd-dâl i gyd ar sigaréts, a doedd dim bwyd yn y fflat. Doedd Begw heb fwyta ers amser hir felly penderfynodd alw heibio siop bapur Huw.

Roedd holl blant yr ysgol yn mynd i siop Huw cyn neu ar ôl ysgol. Gan nad oedd hi byth yn cael arian poced, dim ond mynd i mewn i'r siop a syllu'n awchus ar y losin wnâi Begw. Gan ei fod yn ddyn mor garedig, byddai Huw yn aml yn tosturio wrth Begw ac yn rhoi losin am ddim iddi – dim ond y rhai oedd yn hen, neu'r rhai oedd wedi dechrau llwydo – ond roedd Begw'n ddiolchgar dros ben. Weithiau byddai Huw'n caniatáu iddi sugno'n gyflym ar losinen fintys cyn gofyn iddi'i phoeri allan er mwyn iddo fedru'i rhoi yn ôl yn y pecyn a'i gwerthu i gwsmer arall.

Y bore hwn roedd Begw'n llwgu mwy nag arfer ac yn gobeithio y gallai Huw ei helpu …

TING canodd y gloch wrth i'r drws agor.

"Aaaa! Miss Begw. Fy hoff gwsmer."

Dyn mawr, llon oedd Huw ac roedd ganddo wên ar ei wyneb bob amser, hyd yn oed pe baech yn dweud wrtho fod ei siop ar dân.

"Helô, Huw," meddai Begw'n lletchwith braidd. "Does gen i ddim arian heddiw eto, mae arna i ofn."

"Dim ceiniog?"

"Dim byd. Sorri."

"O diar. Ond rwyt ti'n edrych ar lwgu. Brathiad bach cyflym o un o'r bariau siocled hyn, efallai?"

Cododd far o siocled a thynnu'r papur oddi arno.

"Jyst tria fwyta o gwmpas yr ochrau, plis. Yna galla i ei roi o 'nôl yn y papur a'i werthu fo eto. Fydd y cwsmer nesaf ddim callach!"

Brathodd Begw'r bar siocled yn awchus, ei dannedd blaen yn cnoi'r ymylon fel llygoden fach.

"Rwyt ti'n edrych yn drist iawn, Begw fach," meddai Huw. Roedd o'n un da bob amser am sylwi os oedd rhywbeth o'i le, a gallai fod yn fwy gofalgar nag ambell riant neu athro. "Wyt ti wedi bod yn crio?"

Stopiodd Begw gnoi am eiliad ac edrych i fyny arno. Roedd dagrau'n llosgi ei llygaid.

"Na, dwi'n iawn, Huw. Dim ond bod isio bwyd arna i."

"Na, Miss Begw, dwi'n gallu gweld bod rhywbeth o'i le." Plygodd dros y cownter a gwenu'n gefnogol arni.

Cymerodd Begw anadl ddofn. "Mae fy mochdew wedi marw."

"O, Miss Begw, mae'n flin iawn gen i."

"Diolch."

"Druan ohonot ti. Ychydig flynyddoedd yn ôl bu farw fy mhenbwl anwes i, felly mi wn i sut rwyt ti'n teimlo."

Edrychodd Begw'n syn. "Penbwl anwes?" Doedd hi erioed wedi clywed am unrhyw un â phenbwl fel anifail anwes o'r blaen.

"Ia, fe alwes i fo'n Peredur. Un noson dyma fi'n

ei adael o'n nofio o gwmpas ei fowlen fach o, a phan ddeffrais i y bore wedyn roedd yna froga drwg yna, a dim sôn am Peredur. Mae'n rhaid ei fod o wedi bwyta Peredur."

Fedrai Begw ddim credu'n iawn yr hyn roedd hi'n ei glywed.

"Huw …"

"Ia?" Sychodd y siopwr ddeigryn o'i lygad â llawes ei gardigan. "Sorri, dwi wastad yn mynd yn reit emosiynol pan dwi'n meddwl am Peredur."

"Huw, mae penbyliaid yn troi yn frogaod."

"Paid â bod mor wirion, ferch!"

"Maen nhw. Felly Peredur oedd y broga yna."

"Dwi'n gwybod dy fod ti'n trio gwneud i mi deimlo'n well ond fe wn i nad yw hynny'n wir."

Rholiodd Begw'i llygaid.

"Rŵan dwed wrtha i am dy fochdew di …"

"Mae o … *roedd* o … mor arbennig. Fe wnes i ei hyfforddi fo i ddawnsio hip-hop."

"R'argol! Beth oedd ei enw fo?"

"Cochyn," meddai Begw'n drist. "Fy mreuddwyd i oedd y bydden ni ar y teledu rhyw ddydd …"

Meddyliodd Huw am eiliad cyn edrych yn syth i lygaid Begw. "Rhaid i ti beidio â rhoi'r gorau i'th freuddwydion, 'ngeneth i …"

"Ond mae Cochyn wedi marw."

"Ond does dim rhaid i dy freuddwyd di farw. Dydi breuddwydion byth yn marw. Os wyt ti'n medru hyfforddi bochdew i ddawnsio hip-hop, Miss Begw, dychmyga beth arall y gallet ti wneud!"

"Am wn i …"

Edrychodd Huw ar ei oriawr. "Er cymaint yr hoffwn i, fedrwn ni ddim sefyll fan hyn yn sgwrsio trwy'r dydd."

"Na?" Roedd Begw'n caru Huw, hyd yn oed os nad oedd o'n gwybod bod penbwl yn troi'n froga, a doedd hi byth eisiau gadael ei siop fach flêr.

"Gwell i ti fynd am yr ysgol rŵan, 'ngeneth i. Dwyt ti ddim isio bod yn hwyr ..."

"Ia, am wn i," mwmialodd Begw. Weithiau doedd hi ddim yn siŵr pam nad oedd hi'n chwarae triwant o'r ysgol, fel roedd cymaint o'r lleill yn ei wneud.

Amneidiodd Huw â'i ddwylo mawr. "Rŵan, Miss Begw, rho'r bar siocled i fi, plis, er mwyn i fi ei roi o yn ôl ar y silff."

Edrychodd Begw ar ei dwylo gwag. Roedd y siocled wedi mynd. Roedd hi'n llwgu cymaint fel ei bod wedi bwyta pob tamaid ohono, heblaw am un sgwâr bach pitw."

"Mae'n wir ddrwg gen i, Huw. Doeddwn i ddim yn bwriadu. Wir!"

"Wn i, wn i," meddai'r gŵr caredig. "Jyst rho'r darn 'nôl yn y papur. Galla i ei werthu fo fel siocled arbennig i bobl dew fel fi sydd ar ddeiet!"

"Syniad da!" meddai'r ferch fach.

Aeth Begw draw at y drws cyn troi i wynebu'r siopwr.

"Diolch, gyda llaw, nid yn unig am y siocled ond am y cyngor hefyd."

"Mae'r ddau am ddim i ti unrhyw bryd, Miss Begw. Rŵan, i ffwrdd â ti."

Bu geiriau Huw yn cylchdroi ym meddwl Begw trwy'r dydd yn yr ysgol, ond pan ddychwelodd adref i'r fflat profodd yr un teimlad o golled. Roedd Cochyn wedi mynd. Am byth.

Aeth dyddiau heibio, yna wythnosau, yna misoedd. Fedrai hi byth anghofio Cochyn. Roedd o'n fochdew bach mor arbennig. Ac fe ddaeth â chymaint o bleser iddi mewn byd llawn poen. O'r foment y bu farw teimlai Begw fel petai'n cerdded trwy storm. Yn araf bach, gyda threigl y dyddiau a'r wythnosau, disgynnodd y glaw ychydig yn ysgafnach. Ond doedd yr haul yn dal heb dywynnu.

Tan un noson, fisoedd yn ddiweddarach, pan ddigwyddodd rhywbeth cwbl annisgwyl.

Roedd Begw'n gorwedd yn ei gwely ar ôl diwrnod annioddefol arall yn yr ysgol dan ddwylo'r bwlis, a'r gnawes Tanwen Tomos yn enwedig. Deuai sŵn gweiddi o'r fflat drws nesaf, yn ôl yr arfer. Yna, o ganol eiliad fechan o dawelwch yn nyfnder y nos, daeth sŵn bychan. Roedd o'n sŵn mor ysgafn i gychwyn fel na ellai Begw ei glywed, bron. Yna aeth yn uwch. Ac yn uwch.

Sŵn cnoi.

Ydw i'n breuddwydio? meddyliodd Begw. *Ydw i'n cael un o'r breuddwydion rhyfedd rheiny amdana i'n gorwedd yn fy ngwely ar ddi-hun?*

Agorodd ei llygaid. Na, doedd hi ddim yn breuddwydio.

Roedd rhywbeth bach yn symud yn ei hystafell wely.

Am foment wallgof ystyriodd Begw tybed ai ysbryd Cochyn oedd yno. Yn ddiweddar daeth o hyd i'r hyn a edrychai fel baw anifail yn ei hystafell wely. *Na, paid â bod yn wirion*, dywedodd wrthi'i hun. *Mae'n rhaid mai darnau rhyfedd o lwch ydyn nhw, dyna i gyd.*

I gychwyn, y cyfan a welai oedd siâp pitw, aneglur yn y cornel wrth y drws. Cerddodd allan o'r gwely ar flaenau ei thraed er mwyn cael golwg agosach. Roedd o'n fach ac yn frwnt ac yn drewi rhyw fymryn. Gwichiodd y styllod llawr o dan ei phwysau.

Trodd y peth bach o gwmpas a gwelodd Begw beth oedd yno.

Llygoden fawr.

6

Ych-a-pych

Wrth i ti feddwl am y geiriau 'llygoden fawr', beth yw'r peth nesaf a ddaw i dy feddwl?

Fermin?

Carthffosydd?

Afiechydon?

Brathiadau?

Pla?

Daliwr llygod?

Llygoden Ffrengig?

Llygoden ffyrnig?

Llygoden ych-a-pych?

Llygod mawr, heb os, yw'r pethau sy'n cael eu caru leiaf ar y blaned.

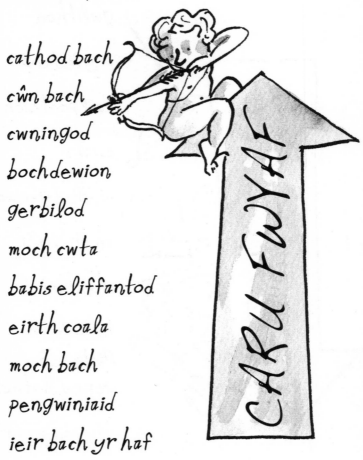

cathod bach
cŵn bach
cwningod
bochdewion
gerbilod
moch cwta
babis eliffantod
eirth coala
moch bach
pengwiniaid
ieir bach yr haf

CARU FWYAF

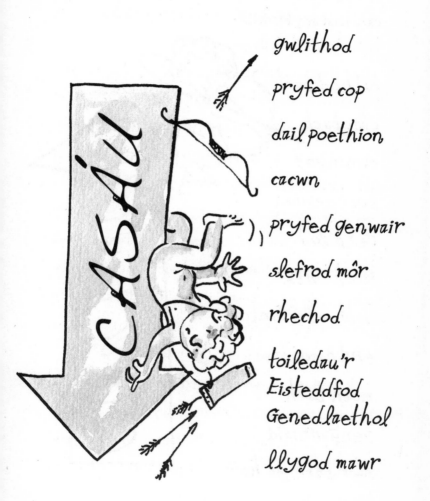

gwlithod

pryfed cop

dail poethion

cacwn

pryfed genwair

slefrod môr

rhechod

toiledau'r
Eisteddfod
Genedlaethol

llygod mawr

Serch hynny, beth pe bawn i'n dweud wrthat ti mai'r hyn a welodd Begw yn ei hystafell y noson honno oedd *babi* llygoden fawr?

Ia, dyma'r babi llygoden leiaf, ddeliaf, anwylaf y gallet ti ei dychmygu, yn cyrcydu yng nghornel ystafell Begw ac yn cnoi ar un o'i sanau tylliog, brwnt.

Gyda'i thrwyn pitw pinc yn twitsho i gyd, ei chlustiau bach blewog a'i llygaid mawr dwfn, gobeithiol, dyma lygoden fawr a fyddai'n ennill y wobr gyntaf mewn cystadleuaeth harddwch i lygod. Roedd hyn yn esbonio'r baw rhyfedd y daeth Begw o hyd iddo yn ei hystafell yn ddiweddar – mae'n rhaid mai'r bwten fach hon oedd yn gyfrifol.

Wel, yn sicr nid fi oedd yn gyfrifol.

Roedd Begw wastad wedi meddwl y byddai llygoden fawr yn codi ofn ofnadwy arni pe byddai'n gweld un. Fe gadwai ei llysfam wenwyn llygod mawr yn y gegin, hyd yn oed, gan fod sôn o hyd am bla yn y bloc o fflatiau adfeiliog.

Serch hynny, doedd y llygoden hon ddim yn ymddangos yn frawychus iawn. A dweud y gwir, os rhywbeth edrychai'r llygoden fel petai arni *hi* ofn Begw. Pan wichiodd y llawr wrth i Begw gamu'n nes ati aeth ar hyd y wal a chuddio o dan y gwely

"Paid â bod ofn, 'y mechan i," sibrydodd Begw. Yn araf rhoddodd ei llaw o dan y gwely er mwyn ceisio rhoi mwythau i'r llygoden. Crynodd honno gan ofn i gychwyn, a'i blew wedi codi'n bigau i gyd.

"Shhh, shhh," meddai Begw'n gysurlon.

Yn araf, araf bach ymlwybrodd y llygoden trwy'r ardd o lwch a budreddi o dan wely bach gwichlyd Begw a nesáu at ei llaw. Sniffiodd ei bysedd cyn llyfu un ac yna un arall. Roedd Ceridwen yn rhy ddiog i goginio ac roedd Begw'n llwgu cymaint fel ei bod wedi dwyn bag o greision prôn coctel afiach ei llysfam i'w bwyta i swper. Mae'n rhaid bod y llygoden yn gallu eu hogleuo nhw ar ei bysedd ac, er gwaethaf amheuon Begw am y byrbryd – nad oedd yn debyg o gwbl i gorgimychiaid nac ychwaith i goctels – doedd y llygoden ddim yn ymddangos fel petai'n poeni rhyw lawer.

Dechreuodd Begw biffian chwerthin. Roedd y brathu yn ei chosi. Cododd ei llaw er mwyn rhoi mwythau i'r llygoden ond fe wyrodd honno ei phen a sgrialu i gornel bella'r ystafell.

"Shhh, shhh, tyrd yn dy flaen. Dwi 'mond isio rhoi mwythau i ti," ymbiliodd Begw.

Sbeciodd y llygoden arni'n ansicr cyn ymlwybro'n betrus, fesul pawen, draw at ei llaw. Brwsiodd Begw ei ffwr mor ysgafn ag y gallai gyda'i bys bach. Roedd y ffwr dipyn yn feddalach nag y dychmygodd – ddim mor feddal â ffwr Cochyn (doedd dim byd cyn feddaled â hwnnw), ond yn syndod o feddal, serch hynny.

Yn araf a gofalus, mwythodd Begw ben y llygoden, a gadawodd i'w bysedd dreiglo i lawr ei

gwddf a'i chefn. Crymodd y llygoden ei chefn er mwyn cwrdd â'i llaw.

Chafodd y llygoden erioed 'mo'i thrin â'r fath dynerwch o'r blaen, fwy na thebyg. Yn sicr ddim gan berson. Nid yn unig roedd yna ddigon o wenwyn llygod mawr yn y byd i ladd pob llygoden fawr ddeg o weithiau drosodd ond, ar y cyfan, pan fyddai pobl yn dod ar draws llygoden fawr bydden nhw naill ai'n sgrechian neu'n estyn am frwsh er mwyn ei cholbio hi.

Ond o edrych ar y peth bach diniwed yma yn ei hystafell, fedrai Begw ddim dychmygu pam yn y byd y byddai rhywun am ei brifo.

Yn sydyn saethodd clustiau'r llygoden i fyny a throdd Begw'i phen yn gyflym. Roedd drws ystafell ei rhieni'n agor a gallai glywed ei llysfam yn taranu ar hyd y cyntedd, gan chwythu â phob cam. Cododd Begw'r llygoden yn frysiog, ei dal yng nghledr ei llaw a neidio yn ôl i'r gwely. Byddai Ceridwen yn benwan petai'n gwybod bod ei llysferch yn y gwely yn cwtsho llygoden fawr. Tynnodd Begw'r gorchudd rhwng ei dannedd a chuddio oddi tano. Arhosodd a gwrando. Gwichiodd drws yr ystafell ymolchi ar agor a gallai Begw glywed sŵn pen-ôl ei llysfam yn syrthio'n glewt ar sedd y tŷ bach.

Ochneidiodd Begw ac agor ei dwylo. Roedd y babi llygoden fawr yn saff. Am rŵan. Gadawodd i'r peth bach sgrialu dros ei dwylo ac i fyny ar ei thop pyjamas rhwygedig.

"Sws sws sws sws." Gwnaeth sŵn cusanu ysgafn, yn union fel yr arferai wneud gyda Cochyn. Ac yn union fel yr arferai ei bochdew ei wneud, daeth y llygoden yn agosach at ei hwyneb.

Rhoddodd Begw gusan ysgafn ar ei thrwyn. Gwnaeth bant bach yn y gobennydd wrth ei phen a gosod y llygoden i orwedd ynddo'n dyner. Roedd hi'n ffitio'n berffaith, a chyn hir gallai Begw ei chlywed yn chwyrnu'n ysgafn wrth ei hymyl.

Os nad wyt ti erioed wedi clywed llygoden fawr yn chwyrnu o'r blaen, dyma sut mae'n swnio:

Cccccccccccccccchhhhhhhhhhhhhhhhhh.

"Rŵan, sut yn y byd ydw i'n mynd i dy gadw di'n gyfrinach?" sibrydodd Begw.

7

Smyglo Anifeiliaid

Dydi hi ddim yn hawdd smyglo llygoden fawr i mewn i'r ysgol.

Yr anifail anoddaf i'w sleifio i'r ysgol, wrth gwrs, yw'r morfil glas. Rhy fawr a gwlyb o lawer.

Mae'r hipopotamws hefyd yn anifail anodd i fynd â fo gyda ti heb i rywun sylwi, yn union fel y jiráff. Y naill yn rhy dew a'r llall yn rhy dal.

Fyddwn i ddim yn dy gynghori i drio mynd â llew i'r ysgol, chwaith. Byddai hi'n anodd ar y naw cuddio'r sŵn rhuo.

Mae morloi'n cyfarth gormod. A walrysod hefyd.

Mae'r drewgi'n drewi gormod – yn waeth na rhai athrawon, hyd yn oed.

Dydi cangarŵod jyst ddim yn stopio neidio.

Mae tingoch yn swnio braidd yn anweddus.*

Mae eliffantod yn tueddu i dorri cadeiriau.

Byddai estrys yn dy gael di i'r ysgol mewn chwinciad chwannen, ond byddai'n rhy fawr i'w guddio yn dy fag.

Mae eirth gwynion yn anodd iawn i'w gweld yn niffeithdir yr Arctig ond yn hawdd iawn i sylwi arnyn nhw yn y ciw cinio.

Math o aderyn â chynffon orengoch lachar sy'n ymweld â Chymru yn ystod misoedd yr haf yw'r tingoch – rhag ofn dy fod yn meddwl mai fi sydd wedi creu'r enw am ei fod yn ddoniol. Fyddwn i, fel awdur penigamp, byth yn gwneud hynny!

Byddet ti'n cael dy ddiarddel yn syth pe byddet ti'n smyglo siarc i'r ysgol, yn enwedig pe byddai gen ti wersi nofio'r diwrnod hwnnw. Maen nhw'n tueddu i fwyta'r plant.

Dydi orangwtans ddim yn syniad da chwaith. Maen nhw'n gallu tarfu tipyn yn y dosbarth.

Mae gorilas yn waeth byth, yn enwedig mewn gwersi Mathemateg. Dydi gorilas ddim yn dda gyda rhifau ac maen nhw'n casáu gwneud symiau, er eu bod nhw'n rhyfeddol o dda mewn Ffrangeg.

Byddai gyr o gnŵod fwy neu lai'n amhosibl i'w smyglo i'r ysgol heb i un o'r athrawon sylwi.

Mae llau pen, ar y llaw arall, yn chwerthinllyd o hawdd. Mae rhai plant yn smyglo miloedd o lau pen i'r ysgol bob dydd.

Mae llygoden fawr yn dal yn anifail anodd i'w smyglo i'r ysgol – mae hi rywle rhwng morfil glas a llau pen ar y raddfa 'anodd i'w smyglo i'r ysgol'.

Problem Begw oedd ei bod yn amhosib iddi adael

y peth bach gartref. Roedd caetsh tolciog Cochyn wedi hen fynd gan fod ei llysfam wedi mynd ag o i'r siop wystlo. Roedd y ddynes ddychrynllyd wedi'i gyfnewid am ambell geiniog (a ddefnyddiodd yn syth i brynu bocs anferthol o greision prôn coctel. Llowciodd dri deg chwech bag cyn brecwast).

Petai Begw wedi gadael i'r llygoden redeg o gwmpas y fflat gwyddai'n iawn y byddai Ceridwen wedi'i gwenwyno neu sefyll arni neu'r ddau. Roedd ei llysfam yn casáu pob math o lygod â chas perffaith. A hyd yn oed petai Begw wedi cuddio'r llygoden mewn drôr yn ei hystafell, neu mewn bocs o dan ei gwely, roedd yna siawns go dda y byddai Ceridwen wedi dod o hyd iddi. Gwyddai Begw fod Ceridwen wastad yn chwilota trwy ei phethau hi yr eiliad y gadawai am yr ysgol. Roedd Ceridwen yn chwilio am bethau y gallai eu gwerthu neu eu cyfnewid am sigarét neu ddwy, neu am fwy o greision prôn coctel.

Un diwrnod, roedd holl deganau Begw wedi diflannu, ac yna, ar ddiwrnod arall, y llyfrau a olygai'r byd iddi. Roedd yn ormod o risg gadael y llygoden fawr ar ei phen ei hun yn y fflat gyda'r ddynes yna.

Ystyriodd Begw roi'r llygoden fawr yn ei bag ysgol, ond gan ei bod hi mor dlawd roedd yn rhaid iddi fynd â'i llyfrau i'r ysgol mewn hen fag plastig rhacs (â stribedi o dâp selo'n ei ddal at ei gilydd). Roedd siawns go uchel y byddai'r llygoden yn cnoi twll yn y bag ac yn dianc, felly cuddiodd Begw hi ym mhoced brest ei siaced ysgol a oedd ddau faint yn rhy fawr iddi. Gallai, fe allai ei theimlo'n gwingo'n aflonydd yn ddi-baid, ond o leiaf fe wyddai ei bod hi'n saff. Wrth i Begw ddod allan o'r bloc o fflatiau ac i'r darn concrid cymunedol clywodd rywun yn gweiddi uwch ei phen. "Begw!"

Edrychodd i fyny.

Camgymeriad *mawr*.

Disgynnodd diferyn enfawr o boer yn glatsh ar ei hwyneb. Gwelodd Begw Tanwen Tomos yn sefyll wrth y rheilin sawl llawr uwch ei phen.

"HA HA HA!" gwaeddodd Tanwen.

Gwrthododd Begw grio. Sychodd ei hwyneb â'i llewys cyn troi ei chefn, a sŵn chwerthin Tanwen yn atseinio y tu ôl iddi. Byddai hi *wedi* crio, fwy na thebyg, ond wrth deimlo'r llygoden fach yn symud yn ei phoced teimlai'n well yn syth.

O'r diwedd mae gen i fy anifail anwes fy hun unwaith eto, meddyliodd. Efallai mai llygoden fawr yw hi, ond dim ond y dechrau yw hyn …

Hwyrach bod Huw yn llygad ei le: roedd ei breuddwyd o hyfforddi anifail i ddiddanu'r genedl yn fyw wedi'r cyfan.

Roedd presenoldeb y llygoden fawr yn parhau'n gysur pan gyrhaeddodd Begw'r ysgol. Hon oedd blwyddyn gyntaf Begw yn yr ysgol fawr a doedd hi heb wneud yr un ffrind yno eto. Roedd y rhan fwyaf o'r plant yn dlawd ond Begw oedd y tlotaf. Roedd arni gywilydd ei bod hi'n mynd i'r ysgol mewn dillad heb eu golchi, a'r rheiny o siopau elusen. Dillad yn dyllau i gyd a oedd naill ai'n rhy fawr o lawer neu'n rhy fach o lawer iddi. Roedd gwadn rwber ei hesgid chwith fwy neu lai wedi chwalu a gwnâi sŵn fflapio wrth daro yn erbyn y llawr bob tro y cymerai Begw gam.

FFLIP FFLAP FFLIP FFLAP FFLIP FFLAP âi ei hesgidiau wrth i Begw gerdded.

FFLIPITI FFLAP FFLIPITI FFLAP FFLIPITI FFLAP wrth iddi redeg.

Yn y gwasanaeth, yn dilyn cyhoeddiad am y sioe dalent diwedd tymor, safodd y prifathro gwelw, Mr Llwyd, i siarad. Safodd ynghanol y llwyfan, gan syllu heb flincio ar y cannoedd o ddisgyblion a oedd wedi ymgynnull yn neuadd yr ysgol. Oherwydd ei groen gwelw a'r modd y syllai'n llygadrwth, roedd si ar led ymysg y disgyblion ieuengaf mai fampir oed Mr Llwyd go iawn.

Aeth Mr Llwyd yn ei flaen i roi rhybudd llym i'r 'disgyblion anystywallt' rheiny a oedd, yn groes i'r rheolau, wedi bod yn smyglo'u ffonau symudol i'r ysgol. Golygai hyn y rhan fwyaf o'r disgyblion, ond roedd Begw, serch hynny, yn rhy dlawd o lawer i hyd yn oed freuddwydio am fod yn berchen ar ffôn symudol.

Grêt, meddyliodd Begw.

Hyd yn oed pan dy'n ni'n cael stŵr dwi'n cael fy ngadael allan o bethau.

"Afraid dweud nad sôn am ffonau symudol yn unig ydw i!" bloeddiodd Mr Llwyd, fel petai wedi darllen meddwl Begw. Gallai ei lais gario ar draws iard orlawn amser chwarae gan wneud i bob disgybl ddistewi mewn chwinciad chwannen. "Mae unrhyw beth sy'n canu bib-bib neu'n dirgrynu wedi'i wahardd hefyd! Ydych chi'n fy nghlywed i?" bloeddiodd eto. "Wedi'i wahardd! Dyna'r cyfan. Ffwrdd â chi."

Canodd y gloch ac ymlwybrodd y plant i'w gwersi. Wrth eistedd ar y gadair fach blastig anghyffyrddus yn ei rhes unig yng nghefn y neuadd, ystyriodd Begw'n nerfus a oedd ei llygoden fawr hi'n ffitio disgrifiad Mr Llwyd. Roedd hi'n sicr yn dirgrynu. Ac weithiau fe ganai bip-bip. Neu gwich-gwich, o leiaf.

"Paid ti â gwneud smic o sŵn heddiw, lygoden fach," meddai.

Gwichiodd y llygoden.

O na! meddyliodd Begw.

8

Brechdan Fara

Er mwyn osgoi cael ei gwthio yn erbyn y drws, arhosodd Begw am rai eiliadau cyn cerdded ling-di-long i'w gwers gyntaf. Yn rhyfeddol, aeth y wers Fathemateg – a oedd fel arfer mor anhygoel o ddiflas – heibio'n ddiddigwyddiad. A'r wers Ddaearyddiaeth hefyd, lle y pendronodd a fyddai ei gwybodaeth newydd am rewlifoedd yn profi'n ddefnyddiol pan fyddai'n oedolyn. Yn ystod y wers, taflodd Begw ambell gipolwg i boced ei siaced ysgol a gweld bod y llygoden fach yn cysgu'n sownd. Roedd hi'n amlwg wrth ei bodd yno.

Amser egwyl clodd Begw'i hun mewn ciwbicl yn

nhai bach y merched, a bwydo'r llygoden â pheth o'r bara y dylai fod yn ei gadw ar gyfer ei chinio. Gwnâi Begw becyn bwyd iddi hi ei hun os dôi ar draws tameidiau o fwyd yn y tŷ. Serch hynny, doedd dim byd yn yr oergell y bore 'ma, felly gwnaeth frechdan fara iddi hi ei hun gan ddefnyddio darnau o fara stêl a adawyd allan ar y bwrdd ...

Roedd y rysáit yn ddigon syml:

BRECHDAN FARA

Cynhwysion: *tair tafell o fara.*

Cyfarwyddiadau: cymerwch un dafell o fara a'i gosod rhwng y ddwy dafell arall o fara.

Y diwedd.*

---

* Bydd fy llyfr coginio newydd, *Sut i Wneud Brechdan Fara*, yn cael ei gyhoeddi gan Atebol y flwyddyn nesaf.

Doedd hi'n fawr o syndod bod y llygoden fawr yn hoff o fara. Mae llygod mawr yn hoffi'r rhan fwyaf o fwyd ry'n ni'n ei hoffi.

Eisteddodd Begw ar sedd y tŷ bach a gorffwysodd y llygoden fawr ar ei llaw chwith wrth iddi ei bwydo â'i llaw dde. Llowciodd bob un briwsionyn.

"Dyna ti—"

Y foment honno, sylweddolodd Begw nad oedd hi wedi rhoi enw i'w ffrind bach. Oni bai ei bod hi am roi enw a fyddai'n addas i ferch neu i fachgen, fel 'Ceri', 'Eirian' neu 'Cain', byddai'n rhaid iddi ddarganfod yn gyntaf ai merch ynteu fachgen oedd y llygoden. Felly cododd Begw hi i fyny er mwyn cael edrych yn agosach. Fel yr oedd hi'n ceisio gwneud archwiliad manylach, tasgodd bwa bychan o hylif melyn o rywle islaw bol y llygoden, gan fethu Begw o fodfeddi'n unig, ac addurno'r wal.

Roedd ganddi ateb pendant erbyn hyn. Roedd hi'n grediniol i'r pi-pi ffrydio o ryw fath o bibell fechan, er ei bod hi'n amhosib edrych eto gan fod y llygoden yn aflonyddu yn ei dwylo erbyn hyn.

Roedd hi'n siŵr mai bachgen oedd o.

Edrychodd Begw am ysbrydoliaeth. Ar ddrws y tŷ bach roedd rhai o'r merched hŷn wedi sgriblo brawddegau anweddus â blaen cwmpawd.

'Mae Dwynwen yn @**$$$$&!% llwyr!!!!' darllenodd Begw. Mae hyn, dwi'n siŵr ein bod ni i gyd yn cytuno, yn ddisgrifiad anghwrtais iawn, hyd yn oed os ydi o'n wir.

Byddai Dwynwen yn enw gwirion ar lygoden
fawr. Yn enwedig llygoden fawr wrywaidd,
meddyliodd y ferch fach. Aeth Begw yn ei blaen i
chwilio trwy'r enwau ar y drws am ysbrydoliaeth.

Lleuwen ... na.

Caleb ... na.

Gwydion ... na.

Hopcyn ... na.

Emyr ... na.

Deio ... na.

Meilyr ... na.

Ceirios ... na.

Glenda ... na.

Siencyn ... na.

Llinos ... na.

Er ei fod yn gyforiog o eiriau (a rhai darluniau
anweddus), ni chafodd Begw fawr o ysbrydoliaeth

wrth astudio drws y tŷ bach. Eisteddodd i fyny ar sedd y toiled a throi i dynnu'r fflysh, er mwyn peidio â chodi amheuon y ferch a glywai yn y ciwbicl drws nesaf. Y foment honno sylwodd ar ysgrifen grand ynghanol yr holl staeniau ar sedd y tŷ bach.

"Llywarch Llywelyn-Jones," darllenodd yn uchel. Er mai enw gwneuthurwr y toiled oedd hwn, symudodd y llygoden ei chlustiau wrth iddi'i glywed, fel petai'n ei gydnabod.

"Llywarch! Dyna ni!" ebychodd Begw. Roedd o'n enw uchelael, addas i'r dyn bach arbennig hwn.

Yn sydyn clywodd sŵn dyrnu uchel ar ddrws y tŷ bach.

BWM

BWM

BWM.

"Pwy sy gen ti mewn yn fan'na, y gnawes fach?" daeth llais cras o'r tu allan.

Na! meddyliodd Begw. Tanwen Tomos. Doedd poer y bore hwnnw heb olchi'n llwyr oddi ar wyneb bach brycheulyd Begw.

Er mai dim ond pedair ar ddeg oedd Tanwen roedd ganddi gorff fel ymaflwr codwm. Roedd ganddi ddwylo mawr a fedrai bwnio, traed mawr a fedrai gicio, pen mawr a fedrai benio, a phen-ôl mawr a fedrai wasgu.

Roedd ar yr athrawon ei hofn, hyd yn oed. Y tu mewn i'r ciwbicl crynai Begw gan ofn.

"Does neb i mewn yma," meddai Begw.

Pam ddywedais i hynna? meddyliodd yn syth.

Roedd y weithred o ddweud nad oedd unrhyw un yn y ciwbicl wedi cadarnhau, heb ronyn o amheuaeth, gant y cant, fod rhywun yn y ciwbicl.

Roedd Begw mewn perygl enbyd, ond dim

ond os agorai'r drws. Am nawr roedd hi'n saff y tu mewn i'r—

"Tyrd allan o'r lle chwech rŵan cyn i mi ddyrnu'r drws i lawr!" bloeddiodd Tanwen.

O diar.

9

Un Esgid

Rhoddodd Begw Llywarch yn ôl yn gyflym ym mhoced ei siaced.

"Dwi jyst yn cael pi-pi!" galwodd. Yna aeth ati i wneud sŵn braidd yn druenus trwy bletio'i gwefusau a chwythu, yn y gobaith y byddai'n swnio fel dŵr yn pistyllio i fowlen. Yn anffodus swniai'n debycach i neidr yn hisian.

"Ppppppppppppppppppppp ppppppppssssssssssssssssssssssssssss sssssssssssssssssssssssssssssssssssssssssssss.............."

Wrth gwrs, gobaith Begw oedd y byddai hyn yn darbwyllo Tanwen Tomos ei bod hi'n defnyddio'r tŷ bach am resymau dilys, ac nid er mwyn bwydo brechdan fara i lygoden fawr.

Yna cymerodd Begw anadl ddofn ac agor drws y tŷ bach. Syllodd Tanwen i lawr ar Begw, gyda dwy o'i dilynwyr arferol o bob tu iddi.

"Helô, Tanwen," meddai Begw mewn llais a oedd sawl nodyn yn uwch na'i llais arferol. Wrth geisio ymddangos yn ddiniwed teimlai fel petai'n rhoi'r argraff ei bod, mewn gwirionedd, yn euog dros ben.

"O, ti sydd yna! Efo pwy oeddet ti'n siarad, Hyllbeth?" mynnodd Tanwen, a oedd bellach yn pwyso i mewn i'r ciwbicl.

"Fi fy hun," atebodd Begw. "Dwi'n aml yn siarad efo fi fy hun wrth basio dŵr."

"Pasio beth?!"

"Ym… cael pi-pi? Felly os gwnei di fy esgusodi, gwell i fi fynd i 'ngwers Hanes…" Ar hynny, ceisiodd y ferch fach bengoch lithro heibio i Tanwen a'i byddin.

"Aros eiliad," meddai Tanwen. "Fi a 'nghriw sy'n berchen ar y tai bach yma. Ry'n ni'n gwerthu stwff wedi'i ddwyn o fa'ma. Felly oni bai dy fod ti am brynu treinyr wedi'i ddwyn, dos i grafu!"

"Nid pâr o dreinyrs rwyt ti'n ei olygu?" holodd Begw.

"Na. Treinyr. Dim ond un maen nhw'n ei rhoi allan ar silffoedd y siop felly mae hi dipyn yn haws dwyn un na dwy."

"Mmmm," myfyriodd Begw, gan fethu â deall pam y byddai rhywun â dwy droed eisiau prynu dim ond un esgid.

"Gwranda, Cochen," aeth y bwli yn ei blaen. "Dy'n ni ddim d'isio di yn ein lle chwech ni. Ti'n clywed? Yn tarfu ar ein cwsmeriaid ni trwy siarad â ti dy hun fel rhywun o'i cho ..."

"Deall," mwmialodd Begw. "Mae'n ddrwg iawn gen i, Tanwen."

"Rŵan rho dy bres i ni," mynnodd Tanwen.

"Does gen i ddim," atebodd Begw. Roedd hi'n dweud y gwir. Gan i'w thad fod ar arian budd-dâl ers blynyddoedd doedd hi'n cael yr un dimai goch o arian poced. Wrth gerdded i'r ysgol byddai hi'n chwilota am geiniogau ar y palmant. Un diwrnod arbennig o lwcus daeth o hyd i bapur pumpunt yn y gwter! Roedd o'n wlyb ac yn frwnt, ond yn berchen iddi hi. Sgipiodd Begw adref yn llawen, gan daro heibio i siop Huw ar y ffordd er mwyn prynu bocs cyfan o siocledi i'w rannu gyda'i theulu. Ond cyn i'w thad gyrraedd adref roedd ei llysfam wedi llowcio pob un wan jac, hyd yn oed y rhai blas gwirod ceirios afiach, cyn sglaffio'r bocs hefyd.

"Dim pres? Choelia i fawr," poerodd Tanwen, gan sicrhau bod Begw wedi'i gorchuddio mewn poer gwlyb diferol.

"Beth wyt ti'n feddwl?" meddai Begw. "Ry'n ni'n dwy'n byw ar yr un stad. Rwyt ti'n gwybod nad oes gen i unrhyw bres."

Gwawdiodd Tanwen. "Fetia i dy fod ti'n cael pres poced. Wastad yn cerdded o gwmpas fel petai ti'n berchen ar y lle 'ma. Daliwch hi, ferched!"

Ar y gair, amgylchynodd y bwlis ein harwres fach ni. Cydiodd y ddwy horwth yn dynn yn ei breichiau.

"Aaaa!" sgrechiodd Begw mewn poen. Cloddiodd y ddwy eu hewinedd ym mreichiau bach Begw wrth i ddwylo mawr, brwnt Tanwen ddechrau chwilota trwy ei phocedi.

Dechreuodd calon Begw rasio. Roedd Llywarch y llygoden yn cysgu'n sownd ym mhoced ei siaced, a bysedd tewion Tanwen yn procio a phwnio ym mhobman. O fewn eiliadau fe fydden nhw'n dod ar draws llygoden fawr a byddai bywyd Begw yn yr ysgol yn newid am byth.

Fyddai hi byth yn cael anghofio'r ffaith iddi ddod â llygoden fawr i'r ysgol.

Un tro, roedd bachgen rai blynyddoedd yn hŷn

na Begw wedi dangos ei ben-ôl trwy ffenest y bws ar drip ysgol i'r amgueddfa wlân, a byth ers hynny cyfeiriai pawb yn yr ysgol ato fel 'Pen-ôl Blewog', hyd yn oed yr athrawon.

Arafodd amser cyn cyflymu eto wrth i helfa Tanwen arwain yn anorfod at boced brest Begw. Hyrddiodd ei bysedd i mewn a phrocio Llywarch druan ar ei drwyn.

"Beth yw hyn?" gofynnodd Tanwen. "Mae gan y gochen fach rywbeth byw mewn yn fan'na."

Mae'n rhaid nad oedd Llywarch yn rhy hoff o gael ei brocio ar ei drwyn gan fys mawr brwnt, oherwydd rhoddodd anferth o frathiad i'r bys.

"Aaaaaaaaaaaaaaaaaaaaaaaaa aaaaaaaaaaaaaaawwwwwww wwwwwwwwwwwwww!!!!!!!!!!! !!!!!!!!!!!!!!!!!!!!!!" sgrechiodd Tanwen.

Saethodd ei llaw allan o boced Begw, ond roedd Llywarch yn sownd wrthi o hyd, yn dal yn dynn gerfydd ei ddannedd bach miniog ac yn hongian oddi ar ei bys.

" Yyyyyyyyyyyyyyccccccccccccccccccchhhhhhhhhhh!!!!!!!!!!!!!!!!!!!!!"
gwichiodd y bwli. "Llygoden fawr!"

10

Y Corrach

"Dim ond babi llygoden fawr yw hi," rhesymodd Begw wrth geisio tawelu Tanwen. Roedd hi'n poeni y byddai Tanwen yn taro Llywarch yn erbyn rhywbeth ac yn ei frifo.

Dechreuodd Tanwen ysgwyd ei llaw yn wyllt wrth redeg o gwmpas toiledau'r merched mewn panig llwyr. Ond ni ollyngodd y llygoden fawr ei gafael. Safodd y ddwy horwth yn llonydd fel delwau, gan chwilota trwy eu hymenyddion pitw am yr ymateb addas i 'llygoden fawr yn sownd wrth fys'.

Doedd hi'n fawr o syndod na ddaeth dim i'w meddyliau.

"Aros yn llonydd," meddai Begw.

Parhau i redeg o gwmpas wnaeth Tanwen.

"*Aros yn llonydd*, ddywedais i."

Wedi'i syfrdanu gan dôn llais awdurdodol y ferch fach bengoch, stopiodd Tanwen symud.

Yn ofalus, fel petai'n delio ag arth flin, cymerodd Begw law Tanwen yn ei llaw hi ei hun. "Tyrd yn dy flaen, Llywarch …"

Yn ofalus, tynnodd Begw ddannedd blaen miniog y llygoden fawr oddi ar bys y bwli.

"Dyna ti," meddai Begw fel petai'n ddeintydd a oedd newydd roi llenwad braidd yn boenus yn nant plentyn. "Tyrd yn dy flaen rŵan. Twt twt. Doedd o ddim mor wael â hynny."

"Fe frathodd y @**$$$$&!%^!%!!!! bach fi!" protestiodd Tanwen, gan ddatgelu'i hun fel awdur tebygol y neges anweddus ar ddrws y tŷ bach. Llifodd dau ddiferyn pitw o waed o flaen bys y bwli wrth iddi ei archwilio.

"Tanwen, dy'n nhw'n ddim mwy na phriciau pin," mynnodd Begw.

Ymestynnodd y ddwy horwth eu gyddfau hir er mwyn cael golwg agosach a nodio'u pennau i gytuno â Begw. Gwylltiodd hyn Tanwen ac aeth ei hwyneb yn goch fel llosgfynydd ar fin ffrwydro.

Cafwyd tawelwch iasol am foment.

Dwi ar fin marw, meddyliodd Begw. *Mae hi'n mynd i fy lladd i.*

Yna canodd y gloch i ddynodi bod amser egwyl ar ben.

"Wel, os gwnewch chi ein hesgusodi ni," meddai Begw, yn fwy pwyllog nag y teimlai. "Dydi Llywarch a fi ddim isio bod yn hwyr i'n gwers Hanes."

"Pam wyt ti'n ei alw fo'n hynna?" rhochiodd un horwth.

"Ym, mae hi'n stori hir," meddai Begw, nad oedd yn awyddus i ddweud wrthyn nhw ei fod wedi'i enwi ar ôl gwneuthurwr toiledau. "Rhywdro eto, falle. Hwyl fawr!"

Roedd y bwlis mewn gormod o sioc i geisio'i rhwystro. Gan ddal ei ffrind bychan yng nghledr ei llaw cerddodd Begw'n hamddenol allan o'r tŷ bach. Wedi iddi fynd trwy'r drws sylweddolodd nad oedd hi'n anadlu ac y byddai'n syniad da iddi ddechrau gwneud unwaith eto. Yna rhoddodd gusan fach i Llywarch ar ei ben.

"Ti yw fy angel gwarchodol!" sibrydodd cyn ei roi'n ofalus yn ôl ym mhoced ei siaced.

Sylweddolodd Begw'n sydyn y gallai Tanwen a'i chriw fod yn ei dilyn, felly, heb edrych yn ôl, cyflymodd ei chamau. Trodd ei cherdded hamddenol yn frasgamu ac yna'n sbrintio a chyn pen dim roedd hi'n eistedd a'i gwynt yn ei dwrn yn ei gwers Hanes, o dan lywyddiaeth Miss Corr. Gan fod yr athrawes Hanes yn ddynes eithriadol o fyr, yn anorfod rhoddwyd y llysenw 'Miss Corrach', neu'n symlach 'Corrach', iddi.

Gwisgai'r athrawes fŵts pen-glin lledr â sodlau a wnâi iddi edrych yn fyrrach nag oedd hi, hyd yn oed. Serch hynny, os nad oedd Miss Corr yn dal roedd hi'n sicr yn ffyrnig. Ymdebygai ei dannedd

Miss Corr
Coblyn
Ellyll
Tylwythen Deg
Pwca
Picsi

i rai crocodeil. Dangosai'r dannedd hyn pa bryd bynnag y byddai disgybl yn ei hanfodloni, sef yn aml. Doedd dim angen i'r plant wneud rhyw lawer i'w gwylltio – gallai tisian neu beswch yn

anfwriadol arwain at ysgyrnygiad anferthol gan yr athrawes bitw.

"Rwyt ti'n hwyr," chwyrnodd Miss Corr.

"Mae'n flin gen i, Miss Corrach," meddai Begw, heb feddwl.

O na.

Clywodd Begw ambell un o'i chyd-ddisgyblion yn chwerthin, ond ebychiadau a glywodd yn bennaf. Roedd Begw wedi arfer cymaint â galw'r athrawes Hanes yn 'Miss Corrach' y tu ôl i'w chefn fel y galwodd hi'n hynny i'w hwyneb mewn camgymeriad!

"Beth ddywedest ti?" mynnodd Miss Corr.

"'Mae'n flin gen i, Miss Corr' ddywedais i," meddai Begw. Roedd y chwys a ddechreuodd ddiferu wrth iddi redeg o doiledau'r merched bellach yn ffrydio allan o'i chroendyllau. Edrychai Begw fel petai wedi cael ei dal mewn storm fellt a tharanau ffyrnig. Roedd Llywarch yn gwingo hefyd, fwy na thebyg oherwydd bod y boced a oedd yn gartref iddo bellach yn diferu o chwys cynnes. Rhaid ei bod fel sawna i mewn yno! Yn llechwraidd, estynnodd Begw law i fyny at ei brest a'i phatio'n ysgafn er mwyn tawelu ei ffrind bach.

"Unrhyw gamymddwyn gen ti eto a fyddi di nid yn unig allan o'r stafell ddosbarth hon ond allan o'r ysgol."

Llyncodd Begw ei phoer. Newydd ddechrau yn yr ysgol fawr roedd hi, a doedd hi ddim yn gyfarwydd â bod mewn trwbwl. Doedd hi erioed wedi gwneud unrhyw beth o'i le yn yr ysgol fach, ac roedd hyd yn oed y *syniad* o wneud rhywbeth o'i le yn codi ofn arni.

"Rŵan, 'nôl â ni at y wers. Heddiw rydych chi'n mynd i ddysgu mwy am ... Y Pla Du!" cyhoeddodd Miss Corr, wrth iddi ysgrifennu'r geiriau mewn ysgrifen traed brain mor uchel ag y gallai ar y bwrdd du (sef, mewn gwirionedd, ar y gwaelod).

Roedd ysgrifennu ar y bwrdd du yn broblem go iawn i Miss Corr, fel mae'n digwydd. Weithiau byddai'n gorchymyn plentyn i ostwng ar lawr y dosbarth ar ei ddwylo a'i bengliniau.

Yna byddai'r athrawes fechan yn dringo ar gefn y plentyn er mwyn iddi fedru cyrraedd yn ddigon uchel i lanhau ysgrifen yr athro blaenorol oddi ar y bwrdd du. Er mwyn glanhau ysgrifen hynod o uchel gan athrawon hynod o dal byddai'n pentyrru sawl plentyn ar ben ei gilydd.

Er nad oedd y Pla Du ar faes llafur yr ysgol, dysgai Miss Corrach y disgyblion amdano beth bynnag. Yn ôl y sôn fe fethodd ei holl ddosbarth yr arholiad un tro gan iddi dreulio blwyddyn gyfan yn ymhyfrydu ym manylion ffiaidd dulliau canoloesol o arteithio, megis crogi, diberfeddu a chwarteri. Gwrthodai Miss Corrach ddysgu am unrhyw beth ond y penodau mwyaf arswydus mewn hanes: torri pennau, chwipio, llosgi wrth y stanc. Gwenai'r athrawes gan ddatgelu ei dannedd crocodeil o glywed sôn am unrhyw beth creulon, ciaidd a barbaraidd.

Yn wir, y tymor hwn bu Miss Corrach yn hefru'n ddi-baid am y Pla Du. Roedd yn obsesiwn llwyr ganddi. Doedd hynny'n fawr o syndod, mewn gwirionedd, gan mai dyma un o'r cyfnodau tywyllaf mewn hanes pan, yn y bedwaredd ganrif ar ddeg, bu farw 100 miliwn o bobl o afiechyd heintus brawychus. Byddai dioddefwyr, a orchuddiwyd o'u corun i'w sawdl mewn cornwydydd anferthol, yn chwydu gwaed ac yna'n marw. Achos hyn i gyd, fe ddysgwyd yn y wers flaenorol, oedd dim byd mwy na phigiad chwannen.

"Cornwydydd mor fawr ag afalau. Dychmygwch hynny! Chwydu tan mai'r unig beth oedd ar ôl i'w daflu i fyny oedd eich gwaed chi'ch hun! Doedden nhw'n methu â thorri'r beddi'n ddigon cyflym. Hyfryd yn wir!"

Syllodd y plant yn gegagored ar Miss Corr, wedi'u parlysu gan ofn. Y foment honno daeth y pennaeth Mr Llwyd i'r ystafell ddosbarth heb gnocio, ei gôt hir yn chwifio fel clogyn y tu ôl iddo. Yng nghefn y dosbarth cuddiodd y plant drwg a fu'n tecstio ar eu ffonau symudol gydol y wers o dan y ddesg yn gyflym.

"Aaa, Mr Llwyd, i beth yr wy'n ddyledus am yr anrhydedd hwn?" meddai Miss Corr gan wenu. "Ai ynglŷn â'r sioe dalent mae hyn?"

Roedd Begw wedi amau ers tro bod gan Miss Corr le tyner yn ei chalon i Mr Llwyd. Dim ond y bore hwnnw fe sylwodd ar boster ar y coridor yn hysbysebu'r sioe dalent yr oedd Miss Corr yn ei threfnu ar ddiwedd y tymor. Roedd y poster, wrth gwrs, wedi'i osod yn isel iawn ar y wal, tua uchder pen-glin y rhan fwyaf o'r disgyblion, mewn gwirionedd. Doedd hi ddim yn nodweddiadol o gwbl o Miss Corr i drefnu rhywbeth oedd yn gymaint o hwyl, a fedrai Begw ddim peidio ag amau iddi wneud hynny er mwyn creu argraff ar y prifathro. Fe wyddai pawb fod Mr Llwyd, er gwaetha'r ffaith ei fod yn edrych fel fampir brawychus, wrth ei fodd â sioeau ysgol a phethau o'r fath.

"Bore da, Miss Corrach, ym ... Miss Corr..." Doedd y prifathro, hyd yn oed, ddim yn gallu stopio'i hun!

Diflannodd gwên yr athrawes Hanes.

"Mae arna i ofn nad ydw i yma i sôn am y sioe

dalent, er fy mod i'n ddiolchgar dros ben i chi am ei threfnu hi."

Gwenodd Miss Corr fel giât unwaith eto.

"Na," rhuodd Mr Llwyd. "Rydw i yma ynghylch rhywbeth llawer mwy difrifol, mae arna i ofn."

Diflannodd gwên Miss Corrach unwaith eto.

"Mae'r gofalwr," esboniodd y prifathro, "wedi dod o hyd i ... i ... faw yn nhoiledau'r merched."

11

Y Pla Du

Dechreuodd holl blant y dosbarth biffian chwerthin pan ddefnyddiodd y prifathro'r gair 'baw' – pawb heblaw am Begw.

"Oes rhywun wedi gwneud ei fusnes ar lawr y tŷ bach, syr?!" holodd un o'r bechgyn dan chwerthin.

"Nid baw dynol! Baw anifail!" gwaeddodd y pennaeth. "Mae Mr Bunsen, y pennaeth Gwyddoniaeth, yn ei archwilio ar hyn o bryd er mwyn darganfod o ba anifail y daeth, ond ry'n ni'n amau taw rhyw fath o lygoden oedd yn gyfrifol."

Gwingodd Llywarch a llyncodd Begw ei phoer. Rhaid bod darn o faw wedi disgyn allan o'i phoced heb iddi sylwi, a glanio ar lawr y lle chwech.

Arhosa'n hollol, hollol lonydd, Llywarch, meddyliodd Begw.

Yn anffodus, fedrai Llywarch ddim darllen meddyliau.

"Os oes unrhyw ddisgybl yn ystyried bod dod ag anifail anwes i'r ysgol yn dderbyniol, gadewch i fi ddweud wrthoch chi fod hynny wedi'i wahardd. Wedi'i wahardd yn llwyr!" cyhoeddodd y prifathro o flaen y dosbarth.

Roedd hi'n ddoniol gweld y ddau athro'n sefyll yn ymyl ei gilydd am foment, gan fod cymaint o wahaniaeth taldra rhyngddyn nhw.

"Bydd unrhyw ddisgybl sy'n cael ei ddal yn smyglo anifail o unrhyw fath i'r ysgol yn cael ei wahardd yn syth. Dyna'r cyfan!" Gyda hynny trodd a gadael yr ystafell.

"Meistrolgar! Hwyl fawr, Mr Llwyd!" galwodd Miss Corr ar ei ôl. Gwyliodd ef yn mynd yn hiraethus. Yna, trodd yn ôl at ei disgyblion.

"Reit, fe glywoch chi Ieuan, hynny yw… Mr Llwyd. Mae dod ag anifeiliaid anwes i'r ysgol wedi'i wahardd."

Edrychodd y plant i gyd ar ei gilydd a dechrau sibrwd.

"Dod ag anifail anwes i'r ysgol?" gallai Begw eu clywed nhw'n dweud wrth ei gilydd. "Pwy fyddai mor wirion â hynny?"

Eisteddodd Begw mor llonydd ag y gallai, gan syllu o'i blaen yn dawel.

"Tawelwch!" chwyrnodd Miss Corr, a bu tawelwch. "Nid cyfle i siarad yw hwn! Nawr 'nôl â ni at y wers. Y Pla Du." Tanlinellodd y tri gair hwnnw ar y bwrdd du.

"Felly, sut y llwyddodd yr afiechyd hynod farwol i deithio yr holl ffordd o Tsieina i Ewrop? Unrhyw un am gynnig ateb?" gofynnodd yr athrawes heb droi o gwmpas. Roedd hi'n un o'r athrawon hynny a ofynnai gwestiynau heb aros am atebion. Felly, lai nag eiliad ar ôl gofyn y cwestiwn fe'i hatebodd ef ei hun.

"Neb? *Llygod mawr* ddaeth â'r afiechyd marwol. Llygod mawr, ar longau masnach."

Fedrai Begw ddim teimlo Llywarch yn gwingo mwyach, a gollyngodd ochenaid o ryddhad. Rhaid ei fod wedi mynd i gysgu.

"Ond doedd dim bai ar y llygod mawr, nagoedd?" meddai Begw heb feddwl a heb godi ei llaw. Fedrai hi ddim coelio bod hen hen hen hen hen hen hen fam-gu a thad-cu ei ffrind bychan yn gyfrifol am y fath ddioddef ofnadwy. Roedd Llywarch mor annwyl fel na fyddai'n gwneud niwed i unrhyw un.

Troellodd Miss Corr o gwmpas ar ei sodlau (sodlau nad oeddent, er eu bod nhw'n uchel, yn ei gwneud hi'n daldra canolig, hyd yn oed).

"Wnest ti siarad, ferch?" sibrydodd, fel petai hi'n wrach yn bwrw swyn.

"Do, do ..." poerodd Begw, a oedd erbyn hyn yn

difaru agor ei cheg o gwbl. "Maddeuwch i mi, ond ro'n i am ddweud, Miss Corr, na ddylech chi feio'r llygod mawr am yr afiechyd ofnadwy hwn gan nad arnyn nhw roedd y bai. Ar y chwain a deithiai am ddim ar eu cefnau nhw roedd y bai go iawn ..."

Roedd holl blant y dosbarth bellach yn syllu ar Begw mewn anghrediniaeth. Er bod hon yn ysgol anwaraidd a bod athrawon yn aml yn gorfod gadael ar ôl dioddef gyda'u nerfau, doedd neb *byth* yn torri ar draws Miss Corr, yn enwedig ddim er mwyn amddiffyn llygod mawr.

Disgynnodd tawelwch llethol dros y dosbarth. Edrychodd Begw o'i chwmpas. Roedd pob pâr o lygaid yn yr ystafell bellach yn syllu arni hi. Edrychai'r rhan fwyaf o'r merched fel pe baen nhw wedi'u ffieiddio, ac roedd y rhan fwyaf o'r bechgyn yn chwerthin.

Ac yna'n sydyn teimlai Begw fel petai rhywbeth yn ei chosi ar ei phen. Y gosfa fwyaf coslyd a brofodd erioed. Cosfa a oedd, yn syml iawn, yn anhygoel o goslyd.

Beth ar wyneb daear yw hwnna? pendronodd.

"Begw?" meddai Miss Corr yn ddirmygus, gan rythu ar yr union le y teimlai Begw'r cosi ar ei phen.

"Ie, Miss?" gofynnodd Begw'n berffaith ddiniwed.

"Mae gen ti lygoden fawr ar dy ben …"

12

Gwaharddiad ar Unwaith

Beth yw'r peth gwaethaf erioed a allai ddigwydd i ti yn yr ysgol?

Wrth i ti gyrraedd yn y bore rwyt ti'n sylweddoli wrth groesi'r iard dy fod wedi anghofio gwisgo unrhyw ddillad heblaw am dy dei ysgol?

Mewn arholiad, rwyt ti'n teimlo mor nerfus ynglŷn â chael yr atebion yn gywir ac mae dy stumog yn corddi cymaint fel bod dy ben-ôl di'n ffrwydro?

Yn ystod gêm bêl-droed rwyt ti'n rhedeg o gwmpas yn cusanu dy gyd-chwaraewyr ar ôl i ti sgorio gôl, dim ond i gael dy hysbysu gan dy athro Addysg Gorfforol i ti sgorio yn dy rwyd dy hun?

Wrth olrhain achau dy deulu mewn gwers Hanes rwyt ti'n darganfod dy fod yn perthyn i'r prifathro?

Rwyt ti'n cychwyn tisian o flaen y prifathro ac yn ei orchuddio mewn llysnafedd trwyn o'i gorun i'w sawdl?

Mae hi'n ddiwrnod gwisg ffansi yn yr ysgol ond rwyt ti wedi drysu ynglŷn â'r dyddiad ac yn treulio'r diwrnod wedi dy wisgo fel seren bop o'r 1990au – a phawb arall yn eu gwisg ysgol?

Rwyt ti'n canu yn yr opera *Hywel a Blodwen* yn yr ysgol, a hanner ffordd trwy'r ddeuawd enwog mae dy fodryb yn rhuthro ar y llwyfan o'r gynulleidfa, yn poeri ar hances ac yn sychu dy wyneb?

Rwyt ti'n tynnu dy dreinyrs ar ôl gwers Addysg Gorfforol ac maen nhw'n ogleuo cymaint o hen gaws fel bod yn rhaid cau'r ysgol gyfan am wythnos er mwyn cael gwared ar y drewdod?

Amser cinio yn y ffreutur rwyt ti'n bwyta gormod o ffa pob ac yn taro pwmp o rech sy'n para'r holl brynhawn?

Rwyt ti'n smyglo llygoden fawr i'r ysgol yn dy siaced ac mae hi'n dringo i fyny ar dy ben gan eistedd yno yn ystod gwers?

Byddai unrhyw un o'r uchod yn ddigon i ychwanegu dy enw at y rhestr o ddisgyblion sy'n enwog am y rhesymau anghywir. Golygai'r digwyddiad 'llygoden fawr ar y pen' bod enw Begw ar fin cael ei ychwanegu at y rhestr honno am byth.

"Mae gen ti lygoden fawr ar dy ben ..." ailadroddodd Miss Corr.

"O, oes wir, Miss?" gofynnodd Begw, gan esgus swnio'n ddiniwed.

"Paid â phoeni," meddai Miss Corr. "Eistedda di'n hollol lonydd ac fe alwn ni am y gofalwr. Dwi'n siŵr y gall o ei lladd hi."

"Ei lladd hi? Na!" Estynnodd Begw am ei phen a chodi'r llygoden fawr dros ei nyth o wallt cochlyd blêr a'i dal o'i blaen. Dechreuodd y plant o'i chwmpas godi o'u seddi a symud oddi wrthi.

"Begw ... wyt ti'n *adnabod* y llygoden yma?" holodd Miss Corr yn amheus.

"Ym ... na," atebodd Begw.

Ar y pwynt hwn rhedodd Llywarch i fyny ei llewys a dringo i boced ei siaced.

Edrychodd Begw i lawr arno. "Ym ..."

"Wnaeth y llygoden yna ddringo i dy boced di?"

"Naddo," atebodd Begw, gan orfodi'i hun i chwerthin.

"Mae'n berffaith amlwg," meddai Miss Corr, "fod y bwystfil afiach yma'n anifail anwes i ti."

"Dydi Llywarch ddim yn fwystfil afiach!"

"Llywarch?" meddai Miss Corr. "Pam yn y byd fod ganddo'r enw hwnnw?"

"O, mae hi'n stori hir, Miss. Edrychwch, mae o'n saff yn fy mhoced i rŵan. Ymlaen â chi, os gwelwch yn dda."

Roedd yr athrawes a gweddill y dosbarth wedi'u syfrdanu cymaint gan ymateb didaro Begw fel nad oedd neb yn siŵr i gychwyn beth ddylsen nhw ddweud na gwneud. Roedd y tawelwch yn fyddarol, ond wnaeth o ddim para.

"Fe glywest ti'r hyn ddywedodd y prifathro," rhuodd Miss Corr. "Gwaharddiad ar unwaith!"

"Ond ond ond fe alla i egluro ..."

"ALLAN Â THI! ALLAN O FY NOSBARTH I, Y FERCH FACH FFIAIDD! A DOS Â'R CREADUR AFIACH YNA EFO TI!" chwyrnodd yr athrawes.

Heb godi'i phen, casglodd Begw'i llyfrau a'i pheniau ysgrifennu'n dawel a'u rhoi yn ei bag plastig. Gwthiodd ei chadair yn ôl a gwichiodd honno yn erbyn y llawr sgleiniog.

"Esgusodwch fi," meddai Begw wrth neb yn benodol. Mor ddistaw ag y gallai cerddodd at y drws. Rhoddodd ei llaw ar y ddolen —

"'GWAHARDDIAD AR UNWAITH', DDYWEDAIS I!" bloeddiodd Miss Corr. "Dydw i ddim am dy weld di nes diwedd y tymor!"

"Ym … hwyl fawr, 'te," meddai Begw, heb wybod beth arall i'w ddweud.

Agorodd ddrws y dosbarth yn araf a'i gau yn dawel o'i hôl. Y tu ôl i'r gwydr barugog ar y coridor gallai weld deg ar hugain o wynebau bach cam wedi'u gwasgu yn ei erbyn yn ei gwylio hi'n mynd.

Cafwyd saib.

Ac yna cafwyd ffrwydrad enfawr o chwerthin wrth i'r ferch fach gerdded yn araf ar hyd y cyntedd.

"TAWELWCH!"

gwaeddodd Miss Corr arnyn nhw.

Gan fod pawb yn eu dosbarthiadau o hyd, teimlai'r ysgol yn rhyfedd o dawel. Y cyfan a glywai Begw oedd sŵn ei thraed hi'i hun yn atseinio ar hyd y coridor a gwadn ei hesgid dde yn fflapio. Am foment teimlai drama'r hyn a oedd newydd ddigwydd yn hynod bell, fel petai'r cyfan wedi digwydd i rywun arall. Doedd yr ysgol erioed wedi teimlo mor annaearol o wag ac ymddangosai'r cyfan fel breuddwyd.

Ond os mai dyma'r gosteg wedi'r storm, fyddai o ddim yn para'n hir. Canodd y gloch i ddynodi cychwyn amser cinio ac fel argae yn byrstio, agorodd drysau'r dosbarthiadau ar hyd y coridor hir led y pen a llifodd afon o blant ysgol allan trwyddyn nhw. Cyflymodd Begw ei chamau. Gwyddai y byddai'r newyddion amdani hi â llygoden fawr ar ei phen yn y wers Hanes yn lledaenu fel y Pla Du ei hun. Roedd yn rhaid i Begw ddianc o'r ysgol, a hynny'n gyflym …

13

Byrgyrs Bryn

Cyn hir sylwodd Begw ei bod hi'n rhedeg ond fedrai ei choesau bach byrion ddim cystadlu â rhai'r plant hŷn, talach a hyrddiai heibio iddi yn y gobaith o fod ar flaen ciw y fan byrgyrs er mwyn bwyta lond eu boliau amser cinio.

Amddiffynnodd Begw Llywarch â'i llaw. Cafodd ei tharo i'r llawr ar goridor yr ysgol cymaint o weithiau cyn hyn. O'r diwedd llwyddodd i ddianc i ddiogelwch cymharol yr iard. Plygodd ei phen yn y gobaith na fyddai neb yn ei hadnabod.

Serch hynny, doedd ond un ffordd allan o'r iard i'r brif ffordd. Bob dydd byddai'r un hen fan fyrgyrs fudr, flêr wedi'i pharcio y tu allan, â'r geiriau

'Byrgyrs Bryn' mewn llythrennau breision arni. Er bod y bwyd a werthwyd yn y fan yn afiach roedd y cinio ysgol hyd yn oed yn fwy cyfoglyd, felly âi'r rhan fwyaf o'r plant am yr opsiwn gwaethaf ond un, a chiwio wrth y fan am eu cinio.

Roedd Bryn yr un mor annymunol â'r byrgyrs a werthai. Byddai'r 'chef', fel yr hoffai ei ddisgrifio ei hun, bob amser yn gwisgo'r un siwmper streipiog fochynnaidd a jîns seimllyd (gorweddai'r rheiny'n isel o dan ei fol anferthol), a gorchuddiwyd y cyfan gan bâr o oferôls gwaedlyd. Roedd dwylo'r dyn wastad yn afiach o frwnt, a'i fop o wallt trwchus yn llawn darnau o ddandryff yr un maint â *Rice Krispies*. Roedd gan ei ddandryff, hyd yn oed, ddandryff. Byddai'r darnau'n disgyn i'r badell ffrio fawr, gan achosi i'r pwll budr o saim hisian a thasgu wrth i Bryn bwyso trosti. Sniffiai Bryn o hyd, fel mochyn yn snwffian mewn mwd. Doedd neb erioed wedi gweld ei lygaid gan ei fod

yn gwisgo'r un pâr o sbectol haul dywyll fel bol buwch bob amser. Cleciai ei ddannedd gosod yn ei geg pan siaradai, gan achosi iddo chwibanu'n anfwriadol. Y si ar led yn yr ysgol oedd eu bod nhw wedi disgyn o'i geg i mewn i rholyn bara un tro.

Doedd fawr o fwydlen yn cael ei chynnig yn fan fyrgyrs Bryn:

BYRGYR MEWN RHOLYN BARA – 79c

BYRGYR YN UNIG – 49c

RHOLYN BARA YN UNIG – 39c

Ac ni ddyfarnwyd unrhyw sêr iddi hyd yma. Roedd y bwyd bron iawn yn fwytadwy os oeddech chi ar eich cythlwng. Roedd yn rhaid talu 5c ychwanegol am chwistrelliad o sos coch, er nad oedd yn edrych nac yn blasu fel sos coch; roedd o'n frown â darnau bach duon ynddo. Pe byddech chi'n cwyno, byddai Bryn yn codi ei ysgwyddau ac yn mwmian yn fyr ei anadl, "Fy rysáit arbennig i ydi o, 'nghariad i."

Er mawr siom i Begw, roedd Tanwen Tomos yno'n barod, reit ym mlaen y ciw. Os nad oedd hi'n chwarae triwant o'i gwers beth bynnag, byddai hi fwy na thebyg wedi gwthio i'r blaen trwy godi ofn ar bawb arall. Pan welodd Begw hi, gostyngodd ei phen hyd yn oed yn is fel mai'r cyfan a welai oedd y tarmac. Ond doedd ei phen ddim yn ddigon isel iddi beidio â chael ei hadnabod.

"MERCH Y LLYGOD MAWR!" gwaeddodd Tanwen. Cododd Begw'i phen a gweld rhes hir o blant yn syllu arni. Roedd rhai o'i chyd-ddisgyblion bellach yn y ciw hefyd ac fe ddechreuon nhw bwyntio a chwerthin.

Cyn hir ymddangosai fel petai'r holl ysgol yn chwerthin ar ei phen.

"HA HA HA HA HA HA HA HA HA HA HA HA HA HA HA HA HA HA HA HA HA HA HA HA HA HA HA HA HA HA HA HA !!!!!!!! !! !!"

Doedd sŵn chwerthin erioed wedi swnio mor oeraidd. Edrychodd Begw i fyny am eiliad. Syllai cannoedd o lygaid bach arni, ond cafodd ei denu i edrych ar wyneb Bryn, a safai yn ei gwman yn ei fan. Crychai ei drwyn a disgynnodd diferyn mawr o boer glafoeriog o gornel ei geg i mewn i rholyn bara Tanwen ...

Fedrai Begw ddim mynd adref. Byddai ei llysfam yn y fflat yn gwylio sothach ar y teledu, yn smygu ac yn stwffio'i hwyneb â chreision prôn coctel. Petai Begw'n dweud wrthi pam iddi gael ei gwahardd fyddai ganddi ddim gobaith o gadw Llywarch. Byddai Ceridwen yn ei ddifa'n syth, fwy na thebyg. Gyda'i throed fawr drom. Byddai'n rhaid i Begw ei grafu o wadn ei sliper binc fflwfflyd.

Ystyriodd Begw ei hopsiynau'n gyflym:

1) Ffoi gyda Llywarch a lladrata o fanciau, fel Bonnie a Clyde, cyn cyrraedd diweddglo dramatig.

2) Trefnu bod y ddau'n cael triniaeth gosmetig cyn mynd i fyw i Dde America lle na fyddai neb yn eu hadnabod.

3) Dweud wrth ei thad a'i llysfam ei bod hi'n wythnos 'Mabwysiadu Llygoden' yn yr ysgol ac nad oedd unrhyw beth i boeni yn ei gylch.

4) Honni nad oedd Llywarch yn llygoden fawr go iawn ond yn hytrach yn robot a adeiladodd hi yn y wers Wyddoniaeth.

5) Dweud ei bod yn hyfforddi'r llygoden fawr ar gyfer gwaith hynod gyfrinachol fel ysbïwr i'r Gwasanaeth Cudd.

6) Peintio Llywarch yn las a rhoi het wen iddo er mwyn esgus ei fod yn dedi Smyrff.

7) Gwneud dau falŵn awyr poeth allan o fra anferthol ei llysfam, un mawr ac un bach, a hedfan oddi ar y to i wlad arall.

8) Herwgipio sgwter trydan a gwibio i ffwrdd i fan diogel.

9) Dyfeisio ac adeiladu peiriant disylweddu a'i phelydru hi a Llywarch i ddiogelwch.*

10) Mynd i siop Huw i gael losin ...

Nid yw'n syndod i Begw ddewis yr opsiwn olaf.

"Aaa, Miss Begw!" cyhoeddodd Huw wrth iddi agor drws ei siop. Canodd y gloch wrth iddi fynd i mewn.

TING.

"Ddylet ti ddim bod yn yr ysgol, Miss Begw?" holodd Huw.

"Dyliwn," mwmialodd Begw'n benisel. Teimlai fe petai ar fin crio.

---

* *Gallai hyn fod wedi bod braidd yn rhy anodd i'w gyflawni.*

Rhuthrodd Huw allan o'r tu ôl i'w gownter a rhoi cwtsh i'r ferch fach bengoch.

"Beth sydd o'i le, 'ngeneth i?" gofynnodd, gan bwyso'i phen yn erbyn ei fol mawr cysurus. Roedd cymaint o amser ers i rywun roi cwtsh i Begw. Yn anffodus, serch hynny, daliodd brês ei dannedd yn ei gardigan wlân, ac am eiliad roedd hi'n sownd wrtho.

"O diar," meddai Huw. "Gad i mi ddatglymu fy hun." Tynnodd ei gardigan yn rhydd o'r metal yn ofalus.

"Mae'n flin gen i, Huw."

"Dim problem, Miss Begw. Rŵan, dwed wrtha i," cychwynnodd eto, "beth ar wyneb y ddaear sydd wedi digwydd?"

Cymerodd Begw anadl ddofn cyn dweud wrtho. "Dwi wedi cael fy ngwahardd."

"Na?! Ond rwyt ti'n ferch fach mor ufudd. Choelia i fawr."

"Mae'n wir."

"Ond pam?"

Meddyliodd Begw y byddai'n haws dangos iddo, felly estynnodd i boced ei siaced a thynnu ei llygoden fawr allan.

"AAAAAAAAA AAAAAAAAAA AAAAAAAAA!!"

sgrechiodd Huw.

Sgrialodd i ffwrdd a dringo i ben y cownter.
Safodd yno'n sgrechian am gryn dipyn o amser.

"A A A A A A A A A A
A A A A A A A A A A A
A A A A A A A A A ! !
A A A A A A A A A A
A A A A A A A A A ! ! "

"Dydw i ddim yn hoffi llygod, Miss Begw. Plis,
plis, Miss Begw. Dwi'n erfyn arnat ti. Rho hi i gadw."

"Paid â phoeni, Huw, nid llygoden gyffredin ydi
hi."

"Na?"

"Na, llygoden fawr."

Yna chwyddodd llygaid Huw a sgrechiodd
sgrech fyddarol.

"A A A A A A A A A A
A A A A A A A A A A A A A A A A A A A A
A A A A A A A A A A A A A
A A A A A A A A A A A A A A A A A A A A

AAAAAAAAAAA
AAAAAAAAAAAAAAAAAAAA
AAAAAAAAAAA
AAAAAAAAAAA
AAAAAAAAAAA
AAAAAAAAAAAA
AAAAAAAAAAAAA
AAAAAAAAAAAAA
AAAAAAAAAAAAAAAAA
AAAAAAAAAAAAAAAAA
AAAAAAAAAAAAAAAAA
AAAAAAAAAAAAAAAAAAA
AAAAAAAAAAAAAAAA
AAAAAAAAAAAAAAAA
AAAAAAAAAAAAAAAAAA
AAAAAAAAAAAAAAAA
AAAAAAAAAAAAAAAA
AAAAAAAAAAAAAAAA
AAAAAAAAAAAAAAAA

AAAAAAAAAAAAAAA
AAAAAAAAAAAA
A A A A A A A A A A A A A A A
AAAAAAAAAAAA
A A A A A A A A A A A A A A A
AAAAAAAAAAA
AAAAAAAAAAAAAAAAAAAAAAA
AAAAAAAAAAA
AAAAAAAAAAAA!!!!!!!!!!!!!!!!!!!!!!!!!
!!
!!!!!!!!!!!!!!!!!!!!!!!!!!!!!!!!!!!!
!!!!!!!!!!!!!!!!!!!!!!!!!!!!!!!!!!
!!!!!!!!!!!!!!!!!!!!!!!!!!!!!!!!!!!!!"

14

Baw Trwyn ar y Nenfwd

"Na, na, plis," ymbiliodd y siopwr. "Dwi ddim yn ei hoffi hi! Dwi ddim yn ei hoffi hi!"

TING. Daeth hen ddynes i mewn i'r siop a syllu'n gegagored ar y siopwr yn sefyll ar ben ei gownter. Daliai Huw yn dynn yng nghoes ei drywsus ac roedd yr ychydig wallt a oedd ganddo wedi codi mewn braw. Sathrai ei draed mawr trwsgwl dros y papurau newydd mewn ofn.

"Aaa, helô, Mrs Gwyther," meddai Huw â'i lais yn crynu. "Mae eich copi o *Golwg* ar y silff. Gallwch chi dalu'r tro nesaf."

"Beth yn y byd ydych chi'n ei wneud fyny fan'na?" holodd yr hen ddynes, yn ddigon rhesymol.

Edrychodd Huw draw ar Begw. Rhoddodd hithau ei bys at ei gwefus yn llechwraidd, gan ymbil arno i beidio â dweud. Doedd hi ddim am i bawb wybod bod ganddi lygoden fawr, neu fe fyddai'r newyddion yn siŵr o gyrraedd y stad, a'i llysfam atgas, cyn pen dim. Yn anffodus, serch hynny, doedd Huw ddim yn un da am ddweud celwydd.

"Ym, wel, ym …"

"Dwi newydd brynu bag o sherbert," torrodd Begw ar eu traws. "Wyddoch chi, y losin pefriog sy'n llenwi'ch ceg â sŵn 'pop'? Roedd wedi cael ei adael allan yn yr haul, a phan agorais i'r bag fe ffrwydrodd y sherbert dros y siop i gyd."

"Do, do, Miss Begw," ychwanegodd Huw. "Digwyddiad anffodus dros ben achos does dim ond pymtheng mlynedd ers i mi ailbeintio'r siop. Dwi jyst yn trio pigo'r llwch pefriog oddi ar y nenfwd."

Daeth Huw ar draws darn o faw a oedd wedi glynu'n sownd at y nenfwd a cheisiodd ei grafu i ffwrdd. "Mae 'na sherbert ym mhobman, Mrs Gwyther. Croeso i chi dalu wythnos nesaf."

Edrychodd yr hen ddynes arno'n amheus cyn syllu ar y nenfwd. "Nid sherbert yw hwnna ond darn o faw trwyn."

"Na, na, na, Mrs Gwyther, ry'ch chi'n anghywir. Edrychwch …"

Yn anfodlon defnyddiodd Huw un o'i ewinedd i grafu'r darn o faw trwyn a lynodd yno wrth iddo disian gryn amser yn ôl, a'i roi yn ei geg.

"Pop!" ychwanegodd mewn llais nad oedd yn argyhoeddi. "O, dwi'n dwlu ar sherbert!"

Edrychodd Mrs Gwyther ar y siopwr fel petai'n hollol wallgof. "Roedd o'n bendant yn edrych i mi fel darn mawr o faw trwyn," mwmialodd cyn gadael y siop.

TING.

Poerodd Huw y darn hynafol o faw trwyn o'i geg yn syth.

"Sbia, wnaiff y peth bach ddim dy frifo di," meddai Begw. Cymerodd Llywarch allan o'i phoced yn dyner. Yn ofalus dringodd Huw i lawr a chamu'n araf tuag at ei hunllef waethaf.

"Dim ond babi ydi o," meddai Begw'n llawn anogaeth.

Cyn hir roedd Huw lygad yn llygad â'r llygoden.

"Ooo, wel, mae hi'n un fach ddel. Sbia ar ei thrwyn bach smwt hi," meddai Huw gan wenu'n dyner. "Beth yw ei henw hi?"

"Llywarch," atebodd Begw'n hyderus.

"Aaa, bachgen ydi o," meddai Huw. "Pam wyt ti wedi'i alw fo'n Llywarch?"

Roedd ar Begw gywilydd iddi alw'i hanifail anwes ar ôl gwneuthurwr toiledau felly'r cyfan ddywedodd hi oedd, "O, mae hi'n stori hir. Rho fwythau iddo fo."

"Na!"

"Wnaiff o ddim dy frifo di."

"Os wyt ti'n siŵr …"

"Dwi'n addo."

"Tyrd yma, Llywarch bach," sibrydodd y siopwr.

Gwingodd y llygoden fawr yn agosach at Huw er mwyn cael ei mwytho gan y dyn oedd â golwg wedi dychryn arno.

"AAAAAAAAAAAA! FE DRIODD O 'NGHNOI I!" gwaeddodd Huw cyn rhedeg allan o'r siop gan chwifio'i freichiau yn yr awyr.

TING.

Dilynodd Begw Huw allan a gweld ei fod o

bellach hanner ffordd i lawr y stryd ac yn rhedeg mor gyflym fel y byddai ganddo siawns go dda o gipio medal aur yn y ras can metr yn y Gemau Olympaidd.

"TYRD YN ÔL!" gwaeddodd Begw.

Stopiodd Huw a throi i edrych arni, cyn ymlwybro'n anfoddog yn ôl heibio i'r rhes o siopau tuag at ei siop ef ei hun. Wrth iddo gerdded y camau olaf ar flaenau'i draed tuag at y ferch a'i hanifail anwes, meddai Begw, "Dim ond trio dweud helô roedd o."

"Na, na, na, sorri, ond fe ddaeth o'n reit agos."

"Paid â bod yn fabi, Huw."

"Wn i. Sorri. Mae o'n hyfryd mewn gwirionedd."

Cymerodd Huw anadl ddofn ac estyn ei law i fwytho Llywarch yn dyner. "Mae hi'n oer allan fa'ma. Tyrd i ni fynd â fo i mewn."

TING.

"Beth ydw i'n mynd i'w wneud ag o, Huw? Fydd fy llysfam i ddim yn gadael i fi ei gadw fo gartref, yn

enwedig gan fod y boi bach wedi achosi i fi gael fy
ngwahardd o'r ysgol. Roedd y ddynes yna'n casáu fy
mochdew i, felly fydd hi byth bythoedd yn gadael i
fi gadw llygoden fawr."

Meddyliodd Huw am foment. Er mwyn helpu ei
ganolbwyntio rhoddodd losinen fintys yn ei geg.

"Efallai y dylet ti ei adael o'n rhydd," meddai'r
siopwr o'r diwedd.

"Yn rhydd?" meddai Begw, â deigryn yn cronni
yn ei llygad.

"Ia. Dydi llygod mawr ddim i fod i gael eu cadw
fel anifeiliaid anwes."

"Ond mae'r un bach yma mor ddel ..."

"Efallai, ond mae o'n mynd i dyfu. Fedrith o
ddim treulio'i holl fywyd ym mhoced dy siaced di."

"Ond dwi wir yn ei garu o, Huw."

"Dwi'n amau dim, Miss Begw," meddai Huw gan
gnoi ar ei losin. "Ac os wyt ti'n ei garu fo fe ddylet ti
ei adael o'n rhydd."

15

Tryc Deg Tunnell

Felly dyna ni, roedd hi'n bryd ffarwelio. Fe wyddai Begw yn y bôn na fyddai modd iddi gadw Llywarch yn hir. Roedd cant a mil o resymau pam ddim, ond y pwysicaf oedd:

LLYGODEN FAWR OEDD O.

Dydi plant ddim yn cadw llygod mawr fel anifeiliaid anwes. Maen nhw'n cadw cathod a chŵn a bochdewion a gerbilod a moch cwta a chwningod a therapiniaid a chrwbanod. Mae plant cyfoethog yn cadw merlod, hyd yn oed, ond byth llygod mawr. Mewn carthffosydd mae llygod mawr yn byw, nid yn ystafelloedd gwely merched bach.

Ymlwybrodd Begw'n benisel allan o siop Huw.

Efallai fod y siopwr yn ceisio gwerthu bar o siocled wedi hanner ei fwyta i'w gwsmeriaid o bryd i'w gilydd, neu'n rhoi taffi wedi'i sugno'n rhannol yn ôl yn y jar losin, ond gwyddai holl blant yr ardal mai fo oedd y gorau am roi cyngor.

Ac fe olygai hynny bod yn rhaid iddi ffarwelio â Llywarch.

Felly aeth Begw yn ôl i'r fflat ar hyd y ffordd hir, trwy'r parc. Tybiai y byddai hwn yn lle perffaith i ollwng Llywarch yn rhydd. Byddai crystiau o fara a adawyd i'r hwyaid yno iddo'u bwyta, llyn iddo yfed ohono a chymryd bath ynddo o bryd i'w gilydd, hyd yn oed, ac efallai gwiwer neu ddwy i gadw cwmni iddo (neu o leiaf i nodio arno bob hyn a hyn).

Cariodd y ferch fach y babi llygoden fawr yn ei llaw am ran olaf y siwrnai. Gan ei bod hi'n ganol y prynhawn roedd y parc fwy neu lai'n wag, heblaw am ambell gi yn mynd ag ambell hen ddynes am dro. Lapiodd Llywarch ei gynffon o amgylch bys bawd Begw. Roedd bron fel petai'n synhwyro bod rhywbeth gwael ar droed, a daliodd mor dynn ag y gallai i'w bysedd bach.

Gan lusgo'i thraed mor araf ag y gallai, cyrhaeddodd Begw ganol y parc o'r diwedd. Daeth i stop yn ddigon pell oddi wrth sŵn y cŵn yn clepian, yr elyrch yn hisian a cheidwad y parc yn cyfarth. Yn araf cyrcydodd i'r llawr ac agor ei llaw. Symudodd Llywarch ddim. Roedd fel pe na bai eisiau cael ei wahanu oddi wrth ei ffrind newydd. Cwtshodd yn ddyfnach i'w llaw, gan dorri calon Begw wrth wneud hynny.

Ysgydwodd Begw'i llaw rhyw fymryn, ond gwnaeth hyn iddo ddal yn dynnach gyda'i gynffon a'i draed. Gan frwydro yn erbyn y dagrau, cododd Begw Llywarch yn dyner gerfydd y ffwr ar ei war a'i osod yn ofalus ar y glaswellt. Unwaith eto ni symudodd Llywarch flewyn. Yn hytrach edrychodd i fyny arni'n hiraethus. Penliniodd Begw a'i gusanu'n dyner ar ei drwyn bach pinc.

"Hwyl fawr, ddyn bach," sibrydodd. "Fe fydda i'n gweld dy isio di."

Disgynnodd deigryn o'i llygad. Glaniodd ar wisgars Llywarch a llithrodd ei dafod fach binc allan i'w ddal.

Gwyrodd y babi llygoden fawr ei phen i un ochr, fel petai'n ceisio deall yr hyn roedd Begw'n ei wneud, a gwnaeth hyn iddi deimlo'n waeth.

Yn wir, roedd ffarwelio â Llywarch mor annioddefol o anodd fel na fedrai Begw oddef eiliad yn rhagor. Cymerodd anadl ddofn a sefyll i fyny. Addawodd wrthi hi ei hun na fyddai'n edrych yn ôl. Wnaeth yr addewid hwnnw ond para deuddeg cam gan na fedrai hi beidio ag edrych un tro eto ar y man lle gadawodd ei ffrind. Er mawr syndod i Begw roedd Llywarch eisoes wedi mynd.

Mae'n rhaid ei fod wedi gwibio at ddiogelwch y clawdd yn barod, meddyliodd. Craffodd yn y glaswellt cyfagos i weld a oedd yno ond roedd y glaswellt yn dal a Llywarch yn fyr, a heblaw am awel ysgafn yn chwythu eu blaenau, symudodd y glaswellt ddim. Trodd Begw ac anelu'n anfodlon am adref.

Wrth adael y parc, croesodd y ffordd. Am eiliad tawelodd sŵn hymian y ceir, ac yn y tawelwch hwnnw gallai Begw daeru iddi glywed sŵn gwichian. Trodd yn sydyn a gweld Llywarch ynghanol y ffordd.

Bu'n ei dilyn gydol yr amser.

"Llywarch!" ebychodd yn gyffrous. Doedd o ddim eisiau bod yn rhydd wedi'r cyfan; roedd o eisiau bod gyda hi! Roedd Begw mor falch. Bu'n dychmygu pob math o sefyllfaoedd erchyll o'r foment y gadawodd o ar ei ben ei hun – fel Llywarch yn cael ei fwyta gan alarch filain, neu'n crwydro i'r ffordd a chael ei daro gan dryc deg tunnell.

Y foment honno taranodd rhywbeth ar hyd y lôn tuag at Llywarch, wrth i hwnnw barhau i groesi'n araf tuag at Begw.

A'r hyn oedd yno oedd … tryc deg tunnell.

Safodd Begw wedi rhewi, gan wylio'r tryc yn gwibio'n nes ac yn nes tuag at Llywarch. Fyddai'r gyrrwr byth yn sylwi ar fabi llygoden fawr ar y lôn, a byddai Llywarch yn cael ei wasgu'n ddim mwy na blotyn ar y tarmac …

"NNNNNNNNNNAAA AAAAAAAAAAAAAAAA AAAAAAAA!!!!" llefodd Begw, ond taranu yn ei flaen wnaeth y tryc. Fedrai hi wneud dim byd.

Edrychodd Llywarch i gyfeiriad y tryc ac, o sylweddoli ei fod mewn trwbwl, dechreuodd wibio yn ôl ac ymlaen ar draws y lôn. Roedd y llygoden fawr mewn panig llwyr. Ond petai Begw'n rhedeg i'r lôn byddai hi'n cael ei gwasgu'n fflat fel crempogen hefyd!

Roedd hi'n rhy hwyr. Rhuodd y tryc dros Llywarch a rhoddodd Begw ei dwylo dros ei llygaid.

RRRRRRrrrrrrrrrr
RRHHHHHHHHHHHhhh
RRHHHHHHHUUUuuuuu
UUUUUUUUUUUUOO
OOOOOOOOOOOO
OOOOOOOOOOOO
OOOOOOOOO!!!!!!
!!!!!!!!!!!!!!!!!!!!!!!

Dim ond pan glywodd sŵn injan y tryc yn diflannu i'r pellter y mentrodd Begw agor ei llygaid eto.

Edrychodd am y blotyn ar y lôn.

Ond doedd o ddim yno.

Yr hyn oedd yno … oedd Llywarch! Ychydig yn sigledig, efallai, ond yn fyw. Rhaid bod olwynion enfawr y tryc wedi'i fethu fo o fodfeddi.

Gan edrych i'r dde yna i'r chwith yna i'r dde eto

i wneud yn siŵr nad oedd ceir yn dod, rhedodd Begw i'r lôn er mwyn codi ei ffrind bach.

"Dydw i ddim am adael i ti fynd, byth," meddai wrth ei gwtsho'n dynn. Gwnaeth Llywarch sŵn 'gwich' cariadus ...

16

Y Llwyn Mwyar Duon

Mae gan natur ei ffordd o greu bywyd ym mhobman. Mewn stryd gefn ddrewllyd a gysylltai'r lôn gyda stad Begw, ymysg y pacedi creision a'r caniau cwrw gwag, safai llwyn mwyar duon bach balch. Roedd Begw wrth ei bodd â'r mwyar duon – roedden nhw fel losin, yn rhad ac am ddim. Roedd hi'n reit ffyddiog y byddai Llywarch yn dwlu arnyn nhw hefyd. Cododd un fwyaren fawr iddi hi ei hun ac un fach i'w ffrind blewog.

Yn ofalus gosododd y llygoden fawr ar y wal. Wrth i Llywarch wylio, rhoddodd Begw'r fwyaren yn ei cheg a dechreuodd gnoi'n frwdfrydig gan wneud synau gwerthfawrogol. Yna cymerodd y fwyaren leiaf rhwng ei mynegfys a'i bys bawd a'i dal o flaen Llywarch. Rhaid ei fod ar lwgu oherwydd fe safodd ar ei draed ôl yn araf er mwyn ei chymryd ganddi.

Roedd Begw wrth ei bodd. Daliodd y llygoden y fwyaren rhwng ei phawennau blaen a'i chnoi'n awchus. Diflannodd o fewn eiliadau. Cyn hir roedd Llywarch yn syllu'n daer ar Begw yn y gobaith o gael un arall. Cododd hi fwyaren arall oddi ar y llwyn a'i dal i fyny uwch ei drwyn. Heb oedi, safodd Llywarch ar ei draed ôl eto. Symudodd Begw'r fwyaren o flaen wyneb pitw Llywarch, a dilynodd y llygoden hi, gan sefyll ar ei goesau ôl. Roedd fel petai'n gwneud dawns fechan.

"Am foi bach talentog!" meddai Begw wrth roi'r fwyaren iddo. Unwaith eto fe'i bwytodd yn awchus ac anwesodd Begw ei war. "Bachgen da!"

Y tu mewn roedd hi'n gyffro i gyd. Byddai modd iddi hyfforddi Llywarch! Yn well byth, roedd fel petai o *eisiau* cael ei hyfforddi. Roedd o wedi deall y syniad o sefyll ar ei goesau ôl yn gynt nag y gwnaeth Cochyn …

Casglodd Begw gymaint ag y gallai o fwyar duon oddi ar y llwyn. Yn union fel y gwnaeth gyda'i bochdew dechreuodd ddysgu triciau i Llywarch. Dysgodd ef i:

... gerdded.   ... neidio.

... hercian ar un goes.   ... chwifio.

... dawnsio.

Cyn hir roedd y llwyn yn foel ac edrychai Llywarch braidd yn llawn a blinedig. Gwyddai Begw ei bod yn bryd rhoi'r gorau iddi. Cododd o i fyny yn ei breichiau a rhoi cusan iddo ar ei drwyn.

"Rwyt ti'n llygoden ryfeddol, Llywarch. Pan fyddwn ni'n perfformio gyda'n gilydd ar y llwyfan, rydw i am dy alw di'n Llywarch Llamsachus!"

Sgipiodd Begw i lawr y stryd gefn. Roedd ei chalon, fel ei thraed, yn dawnsio.

Dim ond pan gyrhaeddodd Begw'r stad lle roedd hi'n byw yr arafodd ei chamau. Nid yn unig y byddai'n rhaid iddi ddweud wrth ei llysfam ei bod wedi cael ei gwahardd ond byddai'n rhaid iddi geisio esbonio pam.

Byddai'r holl beth yn rhoi rheswm i'w llysfam wneud bywyd Begw yn fwy fyth o uffern ar y ddaear. Ac, yn waeth o lawer, rheswm i ddod â bywyd Llywarch i ben – bywyd a oedd ond wedi dechrau.

Wrth i Begw nesáu at y bloc o fflatiau cam, enfawr sylwodd ar rywbeth rhyfedd. Roedd fan byrgyrs Bryn wedi'i pharcio reit y tu allan. Yn ystod yr holl flynyddoedd y bu'n byw yno ers i'w mam farw welodd hi erioed 'mo'r fan yno o'r blaen. Dim ond y tu allan i'r ysgol y parciwyd y fan, *byth*.

Beth ar wyneb y ddaear mae honna'n gwneud yn fan'na? meddyliodd.

Hyd yn oed o bell roedd arogl y cig wedi ffrio yn ddigon i droi ei stumog. Waeth faint roedd Begw'n llwgu, doedd hi erioed wedi prynu byrgyr o fan Bryn. Roedd y drewdod yn unig yn ddigon i godi cyfog arni. Roedd y sos coch yn bendant yn amheus hefyd. Wrth fynd heibio i'r fan sylwodd pa mor afiach o fudr roedd hi – roedd hyd yn oed y baw yn fudr. Rhedodd Begw ei mynegfys ar hyd ochr y fan a glynodd sblotyn o slwtsh modfedd o drwch i'w llaw.

Efallai fod Bryn newydd symud mewn i un o'r

fflatiau, meddyliodd. *Gobeithio ddim*, meddyliodd eto, gan ei fod o'n codi croen gŵydd arni. Roedd Bryn y math o ddyn y byddai dy hunllefau'n cael hunllefau amdano.

Roedd y fflat fechan i fyny'n uchel ar yr hanner canfed llawr, ond roedd y lifft wastad yn drewi. Byddai'n rhaid dal eich hanadl wrth deithio ynddo, a doedd hynny ddim yn hawdd am hanner cant o loriau. Felly defnyddiai Begw'r grisiau bob amser. Gorweddai Llywarch yn saff ym mhoced ei siaced a gallai deimlo pwysau ei gorff bychan yn bownsio yn erbyn ei chalon â phob cam. Aeth ei hanadlu yn uwch ac yn uwch wrth iddi ddringo i fyny'r adeilad. Gorchuddiwyd y grisiau â sbwriel o bob math, o hen sigaréts i boteli gweigion. Roedd y grisiau'n drewi hefyd, ond ddim cymaint â'r lifft, a doedd hi ddim mor gyfyng yno, wrth gwrs.

Fel arfer, erbyn i Begw gyrraedd yr hanner canfed llawr, bydda hi wedi ymlâdd yn llwyr a'i gwynt yn ei dwrn. Safodd Begw y tu allan i ddrws ffrynt y fflat am foment er mwyn dal ei hanadl cyn rhoi ei hallwedd yn y clo. Heb os, byddai'r prifathro Mr Llwyd wedi ffonio'i rhieni i ddweud wrthyn nhw fod eu merch wedi cael ei gwahardd. O fewn eiliadau byddai Begw'n siŵr o brofi tymer wyllt ei llysfam – gallai honno golli ei limpin mewn chwinciad chwannen.

Trodd Begw'r allwedd yn dawel cyn gwthio'r drws pydredig ar agor yn gyndyn. Er na fyddai ei llysfam bron byth yn mynd allan, roedd y teledu wedi'i ddiffodd a fedrai Begw ddim clywed unrhyw un yn y tŷ, felly cerddodd ar flaenau'i thraed ar draws y cyntedd i'w hystafell wely, gan osgoi'r styllod mwyaf gwichlyd. Trodd ddolen drws ei hystafell wely a chamu i mewn.

Safai dyn rhyfedd yn ei hystafell wely yn wynebu'r ffenest.

"Aaaaaaaaaaaaaaaaaa!!!!!!!"

sgrechiodd Begw mewn braw.

Yna trodd y dyn i'w hwynebu.

Bryn oedd yno.

17

Bryn Lladd Llygod

"Mae rhywbeth yn drewi yma … rhyw ddrwg yn y caws!" meddai Bryn dan wichian.

Ond nid Bryn oedd o. Wel, ia, Bryn oedd o, ond roedd o wedi tynnu llun mwstásh gwael iawn ar ei wyneb gyda phen ffelt.

"Beth yn y byd ydych chi'n ei wneud yma?" gofynnodd Begw. "A pham ydych chi wedi tynnu llun mwstásh ar eich hwyneb?"

"Mwstásh go iawn ydi o, 'ngeneth i," meddai Bryn. Anadlai'n ddwfn wrth siarad. Roedd ei lais yn gweddu ei wyneb i'r dim – edrychai'r ddau fel pe baent wedi camu'n syth o ffilm arswyd.

"Naci, tad. Ry'ch chi wedi tynnu llun o fwstásh."

"Nac'dw wir."

"Ydach tad, Bryn."

"Nid Bryn ydw i, 'ngeneth i, ond ei efaill."

"Beth ydi'ch enw chi, 'te?"

Meddyliodd Bryn am eiliad. "Bryn."

"Fe gafodd eich rhieni chi efeilliaid a galw'r ddau ohonoch chi'n 'Bryn'?"

"Roedden nhw'n dlawd iawn a fedren nhw ddim fforddio dau enw."

"Ewch allan o fy stafell i, y crinc!"

Yn sydyn clywodd Begw ei llysfam yn taranu i

lawr y coridor. "Paid ti â meiddio siarad fel'na gyda'r dyn dal llygod neis 'ma!" sgrechiodd wrth gamu i'r ystafell.

"Nid dyn dal llygod ydi o. Mae o'n gwerthu byrgyrs!" protestiodd Begw.

Safai Bryn rhyngddyn nhw gan gilwenu. Roedd hi'n amhosib gweld ei lygaid gan fod ei sbectol haul yn ddu fel glo.

"Am beth wyt ti'n sôn, y dwpsen? Ma fe'n dal ac yn lladd llygod mawr, yn dwyt ti?"

Nodiodd Bryn ei ben yn dawel a gwenu, gan ddatgelu dannedd gosod nad oedden nhw'n ffitio'n iawn yn ei geg.

Daliodd y ferch fach yn ei llysfam gerfydd ei braich, a oedd yn drwch o datŵs, a'i harwain hi draw at y ffenest.

"Edrychwch ar ei fan o!" mynnodd Begw. "Dwedwch wrtha i be sydd wedi'i ysgrifennu ar ei hochr hi!"

Edrychodd Ceridwen allan drwy'r ffenest fudr ar y cerbydau wedi'u parcio islaw. "Bryn Lladd Llygod."

"Beth?" meddai Begw.

Sychodd beth o'r baw oddi ar y ffenest a syllu allan. Roedd y ddynes yn llygad ei lle – dyna oedd i'w weld ar ochr y fan. Sut oedd hynny'n bosib? Edrychai fel yr un fan yn union. Edrychodd Begw draw ar Bryn. Roedd ei wên wedi lledu. Wrth iddi wylio, cymerodd Bryn fag papur bach brown, brwnt o'i boced a thynnu rhywbeth ohono. Gallai Begw daeru bod yr hyn a roddodd yn ei geg yn symud. Ai cocrotsien oedd hi? Ai dyna syniad y dyn llygredig hwn o fyrbryd?!

"Ti'n gweld?" meddai Bryn. "Dwi'n ddyn dal llygod."

"Hyd yn oed os ydi o – a dydi o ddim achos mae o'n ddyn gwerthu byrgyrs," aeth Begw yn ei blaen, "pam ei fod o yn fy *stafell wely* i?"

"Ma fe 'ma achos bo fe wedi clywed yn yr ysgol bo ti wedi dod â llygoden fawr i'r gwersi," atebodd ei llysfam.

"Celwydd noeth!" meddai Begw, gan ddweud celwydd.

"Felly pam ges i alwad ffôn wrth dy brifathro di heddi? Pam? Pam? ATEB FI! Wedodd e bopeth wrtha i. Y ferch fach ffiaidd."

"Dwi ddim isio unrhyw drwbwl, 'ngeneth i," meddai Bryn. "Jyst rho'r creadur bach i fi." Daliodd ei law fudr, gygnog allan. Ar y llawr wrth ei draed roedd gan Bryn hen gaetsh brwnt a edrychai fel petai wedi'i wneud o fasged ffrio sglodion. Ond yn hytrach na defnyddio'r caetsh i ffrio sglodion, roedd wedi gwasgu cannoedd ar gannoedd o lygod mawr iddo.

Ar yr olwg gyntaf, credai Begw fod y llygod mawr wedi marw, gan nad oedden nhw'n symud. O edrych yn agosach, serch hynny, sylweddolodd eu bod nhw'n dal yn fyw, ond eu bod nhw wedi'u stwffio mor dynn yn y caetsh fel na allen nhw symud. Edrychai sawl un fel nad oedden nhw'n gallu anadlu, chwaith, gan eu bod nhw mor agos at ei gilydd. Roedd hi'n olygfa ofnadwy o ffiaidd a chreulon ac roedd Begw eisiau crio.

Y foment honno teimlodd Begw Llywarch yn gwingo ym mhoced ei siaced. Efallai ei fod o'n medru ogleuo perygl. Cododd y ferch fach ei llaw yn ochelgar i'w phoced er mwyn cuddio'r symudiad. Chwyrlïai pob math o gelwyddau posib trwy ei meddwl.

"Fe ollyngais i hi'n rhydd," meddai. "Mae'r prifathro'n iawn – fe es i â llygoden fawr i'r ysgol, ond fe ollyngais i hi'n rhydd yn y maes parcio. Gofynnwch i Huw – fo ddywedodd wrtha i am wneud. Fe ddylech chi fynd i chwilio am y llygoden yn y parc," ychwanegodd, gan ddal yn sydyn yn Llywarch trwy boced ei siaced gan fod y llygoden fawr yn gwingo'n wyllt erbyn hyn.

Cafwyd tawelwch llethol. Yna chwarddodd Bryn yn wawdlyd. "Rwyt ti'n dweud celwydd, 'ngeneth i."

"Dwi ddim!" meddai Begw, braidd yn rhy gyflym.

"Paid â gweud celwydd wrth y dyn ffeind 'ma," rhuodd Ceridwen. "Allwn ni byth â chael creadur arall ffiaidd, llawn heintiau yn rhedeg rownd y fflat 'ma."

"Dwi ddim yn dweud celwydd," protestiodd Begw.

"Dwi'n clywed ei hoglau hi!" meddai'r dyn erchyll, gan dwitsho'i drwyn. "Fedra i glywed hoglau llygod mawr o filltiroedd i ffwrdd!"

Sniffiodd Bryn yr awyr cyn gwichian. "Mae arogl arbennig o felys ar fabis llygod mawr ..." Llyfodd ei wefusau gan godi ias ar Begw.

"Does dim llygoden fawr fan hyn," mynnodd Begw.

"Rho hi i fi," meddai Bryn. "Yna bydda i'n ei cholbio hi'n gyflym efo'r teclyn llonyddu llygod arbennig yma." Tynnodd ordd waedlyd o'i boced ôl. "Mae'r cyfan yn ddi-boen, mewn gwirionedd. Dydyn nhw'n teimlo dim. Yna fedar hi ymuno â'i ffrindiau er mwyn chwarae mewn yn fan'na." Cyfeiriodd Bryn at y caetsh trwy ei gicio'n galed â gwadn ei esgid fudr.

Teimlai Begw'n swp sâl ond ceisiodd beidio â chynhyrfu wrth siarad. "Ry'ch chi'n anghywir, mae arna i ofn. Does dim llygoden fawr fan hyn. Os daw hi yn ei hôl fe ffoniwn ni chi, wrth gwrs. Diolch."

"Tyrd â hi i mi. Rŵan," tagodd y dyn bygythiol.

Yn y cyfamser, syllai Ceridwen â llygaid barcud ar y llysferch yr oedd hi'n ei chasáu cymaint, a sylwodd ar safle lletchwith ei llaw chwith.

"Yr hen ferch fach afiach!" cyhuddodd y ddynes, wrth iddi symud llaw ei llysferch o'r ffordd. "Mae'r llygoden ym mhoced ei siaced hi."

"Cydiwch ynddi, madam," gwaeddodd Bryn. "Galla i daro'r llygoden â'r ordd. Bydd llai o waed ar y carped o'i tharo drwy'r defnydd."

"Naaaaaaaaaaaaaaaaaaa!" sgrechiodd Begw. Ceisiodd ymaflyd ei braich yn rhydd o afael ei llysfam, ond roedd y ddynes dipyn yn fwy ac yn gryfach na'i llysferch. Simsanodd y ferch fach a disgyn yn glep ar lawr. Neidiodd Llywarch allan o'i phoced a sgrialu ar draws y carped.

"Aaaaaaaaaaaaaaaaaaaa aaaaaaaaaaaaaaaaaaaaaa

aaaaaaaaaaa!!!!!!!!!!!!!!
!!!!!!" sgrechiodd ei llysfam. "Ewch â hi o
'ngolwg i!"

"Cred ti fi, fydd hi'n teimlo dim," tagodd Bryn
wrth ostwng ar ei bengliniau a chwifio'r ordd
waedlyd. Crychodd ei drwyn wrth iddo sgrialu ar
ôl y llygoden, gan daro'r teclyn trwm ar y llawr a
methu Llywarch o filimetrau'n unig.

"Stop!" sgrechiodd Begw. "Fe laddwch chi o!"

Ceisiodd ymosod ar y dyn ond daliai ei llysfam
hi yn ôl gerfydd ei breichiau.

"Tyrd yma'r peth bach del!" sibrydodd Bryn
wrth iddo daro'r ordd dro ar ôl tro ar y carped
llychlyd gan achosi i gymylau o lwch dasgu i'r awyr
â phob ergyd.

Sgrialai Llywarch yma ac acw ar hyd y llawr
gan geisio'i orau glas i osgoi cael ei daro.
Disgynnodd yr ordd yn galed, gan ddal ym mlaen
ei gynffon.

"Gwiiiiiiiiiiiiiiiiiiiiii iiiiiiiiiiiiiiiiiiiiiiiiiiiiii iiiiiiiiiiiiiiiiiiiiiiiich!"

gwichiodd y llygoden mewn poen wrth wibio i guddio o dan wely Begw. Ni rwystrodd hyn Bryn. Heb dynnu ei sbectol dywyll, aeth i lawr ar ei fol ac ymlithro o dan y gwely fel neidr, gan chwyrlïo'i ordd yn wyllt o ochr i ochr.

Gwingodd Begw o afael ei llysfam a thaflu'i hun ar gefn y dyn y funud yr ymddangosodd eto. Ni thrawodd y ferch fach unrhyw un erioed o'r blaen, ond roedd hi bellach wedi neidio ag un goes bob ochr i gefn Bryn, fel cowboi ar gefn tarw mewn rodeo Americanaidd, ac yn colbio'i ysgwyddau â'i holl nerth.

O fewn eiliadau plyciodd ei llysfam hi i ffwrdd gerfydd ei gwallt a'i dal yn erbyn y wal cyn i Bryn ddiflannu o dan y gwely unwaith eto.

"Begw, na! Rwyt ti'n anifail. Ti'n 'y nghlywed i?

Anifail!" sgrechiodd y ddynes. Doedd Begw erioed wedi gweld ei llysfam mor anhygoel o flin.

O gyfeiriad y gwely clywai Begw sŵn yr ordd yn dyrnu'r carped dro ar ôl tro. Roedd dagrau'n llifo i lawr gruddiau'r ferch. Fedrai hi ddim coelio bod bywyd ei ffrind bach yn mynd i ddod i ben mewn modd mor dreisgar.

CRASH!

Ac yna cafwyd tawelwch. Ymddangosodd Bryn wrth ochr y gwely. Eisteddodd ar y llawr wedi ymlâdd. Yn un llaw daliai'r ordd waedlyd. Rhwng bysedd ei law arall hongiai Llywarch difywyd gerfydd ei gynffon.

"Wedi dy ddal di!" cyhoeddodd Bryn yn fuddugoliaethus.

18

"Malu'n Ddarnau Mân"

"Crisben prôn coctel?" cynigiodd Ceridwen i'r dyn.

"Mmmm, pam lai?" atebodd Bryn.

"Dim ond un."

"Sorri."

"Felly, ym, be sy'n digwydd i'r holl lygod mawr 'ma?" aeth Ceridwen yn ei blaen yn ei llais crand wrth iddi dywys Bryn at y drws. Eisteddai Begw ar ei gwely'n crio. Roedd ei llysfam wedi'i ffieiddio cymaint gan ymddygiad Begw fel ei bod wedi'i chloi yn ei hystafell. Waeth faint yr ysgydwai'r ddolen a churo ar y drws, wnâi o ddim agor. Roedd y ferch fach wedi'i dryllio'n llwyr. Doedd dim i'w wneud ond crio. Gwrandawodd ar ei llysfam yn arwain y dyn afiach allan o'r fflat.

"Wel, dwi'n dweud wrth y plantos ..." atebodd Bryn mewn tôn a fwriadwyd i swnio'n gysurlon ond a swniai, mewn gwirionedd, yn frawychus, "... eu bod nhw i gyd yn mynd i westy arbennig i lygod mawr."

Chwarddodd Ceridwen. "A ma nhw'n dy gredu di?"

"Ydyn, mae'r ffyliaid bach yn meddwl eu bod nhw i gyd yn cael chwarae'n braf tu allan yn yr haul, cyn ymlacio mewn pwll a chael *massages* a *facials* ac ati!"

"Ond mewn gwirionedd ... ?" sibrydodd Ceridwen.

"Dwi'n eu malu nhw'n ddarnau mân, yn fy mheiriant arbennig!"

Daeth sŵn cecian chwerthin o enau Ceridwen. "Yw hynny'n boenus?"

"Poenus dros ben!"

"Ha ha! Da iawn! Wyt ti'n sefyll arnyn nhw?"

"Na."

"O, byddwn i'n sefyll arnyn nhw a wedyn yn eu malu nhw'n rhacs jibidêrs. Bydden nhw'n dioddef dwywaith cymaint wedyn!"

"Rhaid i fi drio hynny, Mrs ..."

"O, jyst galwa fi'n Ceridwen. Crisben prôn coctel arall?"

"O, ie plis."

"Dim ond un."

"Sorri. Maen nhw'n blasu mor hyfryd," myfyriodd Bryn.

"Yn union fel prôn coctel go iawn. Sai'n gwbod shwt ma nhw'n neud e."

"Ydych chi erioed wedi blasu prôn coctel go iawn?"

"Naddo," atebodd y ddynes. "Ond sdim angen i fi. Ma fe'n blasu'n union yr un fath â'r creision."

"Wel, wrth gwrs. Madam, gobeithio nad oes ots gyda chi 'mod i'n sôn, ond ry'ch chi'n ddynes brydferth dros ben. Byddwn i wrth fy modd yn mynd â chi allan am swper rhyw noson."

"O, ti'n fachgen drwg!" fflyrtiodd llysfam Begw. "A plis galwa fi'n 'ti', dim 'chi'."

"O'r gorau ... 'ti'... gallwn i dy dretio di ag un o fy myrgyrs arbennig i wedyn."

"O, ie, plis!" Ychwanegodd y ddynes afiach chwerthiniad bach merchetaidd cyfoglyd arall ar y diwedd. Fedrai Begw ddim coelio bod ei llysfam yn fflyrtio mewn modd mor gywilyddus gyda'r unigolyn ffiaidd yma.

"Dim ond ti, fi a'r holl fyrgyrs y gallwn ni eu llowcio …" synfyfyriodd Bryn.

"Am ramantus," sibrydodd Ceridwen.

"Tan toc, fy nhywysoges …"

Clywodd Begw'r drws yn cau a'i llysfam yn taranu yn ôl ar hyd y coridor i ystafell ei merch cyn datgloi'r drws.

"Ti mewn cymaint o drwbwl, 'merch i!" meddai Ceridwen. Rhaid ei bod wedi rhoi sws ta-ta i Bryn oherwydd roedd ganddi ôl pen ffelt du uwch ei gwefus.

"Does dim ots gen i!" llefodd Begw. "Dim ond am Llywarch dwi'n poeni. Mae'n rhaid i fi ei achub o."

"Pwy yw Llywarch?!"

"Fo ydi'r llygoden fawr."

"Pam fyddet ti'n galw llygoden fawr yn 'Llywarch'?" gofynnodd y ddynes mewn anghrediniaeth.

"Mae'n stori hir."

"Wel, ma hwnna'n enw hollol ddwl ar lygoden fawr."

"Beth fyddech chi'n ei alw fo?"

Meddyliodd Ceridwen am amser hir.

"Wel?" gofynnodd Begw.

"Fi'n trial meddwl."

Cafwyd tawelwch hir yn dilyn hynny tra edrychai Ceridwen fel petai'n canolbwyntio'n galed iawn. O'r diwedd dywedodd, "Mr Llygoden!"

"Braidd yn ddiddychymyg," mwmialodd Begw.

Cododd hynny wrychyn ei llysfam hyd yn oed yn fwy.

"Ti'n gythreulig, ti'n gwbod hynny, 'merch i? Cythreulig! Ma 'da fi awydd dy daflu di mas ar y stryd! Shwt gallet ti ymosod ar y dyn hyfryd 'na?"

"Hyfryd?! Ma'r dyn yn llofrudd llygod mawr!"

"Na, na, na. Ma nhw i gyd yn mynd i westy arbennig i lygod mawr ac yn cael triniaethau hyfr—"

"Ydych chi'n meddwl fy mod i'n hollol wirion? Mae o'n eu lladd nhw."

"Ond dyw e ddim yn sefyll arnyn nhw. Dim ond yn eu malu nhw'n rhacs jibidêrs. Trueni, a dweud y gwir."

"Mae hynny'n ffiaidd!"

"Beth yw'r ots? Un llygoden fawr yn llai."

"Na. Mae'n rhaid i fi achub fy Llywarch bach i. Mae'n rhaid i fi—"

Safodd Begw ar ei thraed ac anelu am y drws. Â'i phwysau sylweddol gwthiodd ei llysfam hi'n galed yn ôl i lawr ar y gwely.

"Smo ti'n mynd i unman," meddai'r ddynes. "'Wi'n dy wahardd di rhag gadael y fflat 'ma. Ti'n 'y nghlywed i? Gwahardd! G-W-A-A-R-DD!"

"Mae 'na 'H' yn 'gwahardd'," meddai Begw.

"Nagoes ddim!" Roedd Ceridwen yn flin fel tincer erbyn hyn. "Smo ti'n gadael y stafell 'ma nes bo fi'n gweud. Gei di eistedd mewn fan hyn, meddwl am be ti 'di neud, a phydru!"

"Arhoswch chi nes bod fy nhad i'n dod adra!"

"Beth ma'r diawl diwerth 'na'n mynd i neud?"

Llosgodd llygaid Begw. Efallai fod pethau'n fain ar Dad ar hyn o bryd, ond roedd o'n dal yn dad iddi. "Peidiwch chi â meiddio siarad amdano fo fel'na!"

"Dyw e ond yn handi ar gyfer ei arian budd-dâl ac i roi to dros 'y mhen i."

"Fe ddweda i wrtho fo eich bod chi wedi dweud hynna."

"Ma fe'n gwbod hynny'n barod. 'Wi'n gweud wrtho fe bob nos," chwarddodd y ddynes atgas yn gras.

"Mae o'n fy ngharu i. Fydd o ddim yn gadael i chi fy nhrin i fel hyn!" protestiodd Begw.

"Os yw e'n dy garu di cymaint, pam bo fe'n treulio'i holl fywyd lawr yn y dafarn?"

Ddywedodd Begw ddim byd. Doedd ganddi ddim ateb i hynny. Torrodd y geiriau ei chalon yn filiwn o ddarnau mân.

"Ha!" meddai'r ddynes. Gyda hynny caeodd Ceridwen y drws yn glep a'i gloi ar ei hôl.

Rhuthrodd Begw at y ffenest a syllu i lawr ar y ffordd. Roedd ganddi olygfa reit dda ohoni gan ei bod i fyny ar hanner canfed llawr y bloc o fflatiau adfeiliog. Yn y pellter gallai weld Bryn yn gwibio i ffwrdd yn ei fan. Doedd o'n fawr o yrrwr: gwyliodd Begw wrth iddo daro'r drychau ystlys oddi ar ambell gar, a bu ond y dim iddo daro hen ddynes i'r llawr cyn gwibio o'r golwg.

Tywyllodd yr awyr, ond goleuwyd y byd y tu allan gan holl oleuadau stryd y dref. Boddwyd ei hystafell mewn môr o oleuni oren, hyll nad oedd modd ei ddiffodd.

Yn hwyr y noson honno dychwelodd Dad adref o'r dafarn, o'r diwedd. Buodd o a Ceridwen yn gweiddi ar ei gilydd, fel roedden nhw'n gwneud bob nos, a chlywodd Begw ddrysau'n cael eu cau'n glep. Ddaeth Dad ddim i weld Begw yn ei hystafell wely; roedd o fwy na thebyg wedi syrthio i gysgu ar y soffa cyn cael cyfle.

Chysgodd Begw yr un winc y noson honno. Roedd ei phen yn troi a'i chalon yn brifo. Yn y bore clywodd ei thad yn gadael y fflat – er mwyn aros i'r dafarn agor, fwy na thebyg – a'i llysfam yn troi'r teledu ymlaen. Er i Begw guro a churo ar y drws ni adawodd ei llysfam hi allan.

Dwi'n garcharor, meddyliodd Begw. Mewn anobaith, gorweddodd ar ei gwely. Roedd hi'n sychedig, yn llwgu a bron â marw eisiau mynd i'r tŷ bach.

Rŵan, beth mae carcharorion yn gwneud? dywedodd wrthi'i hun. *Maen nhw'n ceisio dianc …!*

19

Y Ddihangfa Fawr

Roedd Llywarch mewn perygl ofnadwy. Roedd angen i Begw ei achub. A hynny'n gyflym.

Cofiodd fod Bryn yn parcio'i fan fyrgyrs afiach y tu allan i'w hysgol hi bob dydd, felly petai hi ond yn llwyddo i ddianc o'i hystafell wely gallai ei ddilyn. Yna gallai ddarganfod ym mhle roedd o'n carcharu'r holl lygod mawr cyn iddyn nhw gael eu 'malu'n ddarnau mân'.

Ystyriodd Begw'r holl wahanol ffyrdd o ddianc y gallai roi tro arnyn nhw:

1. Gallai glymu ei dillad gwely i gyd at ei gilydd ac yna ceisio abseilio i'r ddaear. Ond, gan ei bod hi'n byw ar yr hanner canfed llawr,

doedd hi ddim yn siŵr a fyddai'r dillad gwely'n mynd â hi lawer pellach na llawr neu ddau. Gweithred ddiogel neu beryglus? Peryglus iawn.

2. Roedd creu gleider yn opsiwn. Gallai wneud gleider o ryw fath o hangers dillad a nicers a hedfan at ryddid. Gweithred ddiogel neu beryglus? Eto, peryglus iawn – ac, yn bwysicach, doedd gan Begw ddim digon o nicers glân.

3. Cloddio. Bu creu twneli yn ddull poblogaidd o ddianc gan filwyr mewn gwersylloedd carcharorion rhyfel. Gweithred ddiogel neu beryglus? Llai peryglus nag 1 a 2.

Y broblem gydag opsiwn rhif tri oedd bod ystafell Begw uwchben fflat hen ddynes gwynfanllyd a fyddai'n cwyno'n ddi-baid am y sŵn a ddôi o fyny grisiau, er gwaetha'r ffaith fod ganddi hi ei hun y cŵn mwyaf cleplyd erioed. Byddai hi'n siŵr o fradychu Begw i'w llysfam mewn dim o dro.

Gallwn i wastad gloddio i'r ochr! meddyliodd Begw.

Tynnodd boster o'r band pop diweddaraf a dechrau curo'r wal y tu ôl iddo'n ysgafn gyda'i hewinedd. Atseiniodd y tapio i'r fflat drws nesaf, felly rhaid bod y wal yn denau. Dros y blynyddoedd clywodd Begw gryn dipyn o weiddi'n dod o'r fflat honno, ond roedd y sŵn yn rhy aneglur iddi fedru dweud yn bendant pwy oedd yn byw yno – merch a'i rhieni, tybiodd Begw, ond eraill hefyd, o bosib. Pwy bynnag oedden nhw, swniai eu bywydau yr un mor ddiflas, os nad yn fwy diflas, na bywyd Begw.

Roedd y cynllwyn ei hun yn ddigon syml. Gellid rhoi'r poster yn ei ôl unrhyw bryd er mwyn cuddio'r hyn oedd yn digwydd. Y cyfan yr oedd arni ei angen rŵan oedd rhywbeth i gloddio trwy'r wal

– rhywbeth miniog wedi'i wneud o fetal. *Allwedd*, meddyliodd, a rhedodd yn llawn cyffro at y drws, cyn cofio bod yr allwedd ar yr ochr arall. Dyna'n union pam roedd hi'n gorfod dianc!

Twpsen! meddai wrthi'i hun.

Twriodd Begw trwy ei thrugareddau, ond roedd ei phren mesur, ei chrib, ei beiros a'i hangers i gyd wedi'u gwneud o blastig. Byddai unrhyw beth wedi'i wneud o blastig yn torri'n glec petai hi'n ei ddefnyddio i gloddio trwy wal.

Daliodd Begw gipolwg o'i hadlewyrchiad yn y drych a sylweddolodd fod yr ateb yn syllu yn ôl arni. Ei brês dannedd! O'r diwedd byddai'r blincin peth o ryw ddefnydd iddi.* Tynnodd Begw'r brês allan o'i cheg â'i bysedd a rhuthro draw at y wal. Heb oedi i lanhau'r poer oddi arno, hyd yn oed, dechreuodd grafu'r wal. Doedd ryfedd bod y brês yn boenus

---

* Heblaw am sythu dannedd, wrth gwrs. (Mae'n rhaid i mi ysgrifennu hynna neu bydd unrhyw orthoddeintyddion sy'n darllen yn siŵr o gwyno, er nad ydyn nhw, mewn gwirionedd, yn ddim mwy nag arteithwyr sychedig am waed.)

ac yn rhwbio yn erbyn ei deintgig, ac yn mynd yn sownd yng nghardigan Huw – roedd y metal yn finiog! Mewn chwinciad roedd y plaster o'r wal yn pluo ar lawr. Cyn pen dim roedd Begw wedi crafu trwy'r plaster i'r brics y tu ôl iddo ac roedd y brês yn drwch o baent a phlaster a llwch.

Yn sydyn clywodd Begw'r allwedd yn troi yng nghlo drws ei hystafell wely. Llamodd i fyny a rhoi'r poster yn ôl ar y wal. O'r braidd y cofiodd roi ei brês yn ôl yn ei cheg, er nad oedd amser i'w lanhau yn gyntaf.

Syllodd Ceridwen yn ddrwgdybus ar ei llysferch. Edrychai fel petai'n gwybod bod Begw ar ganol gwneud rhywbeth na ddylai. Ond wyddai hi ddim beth. Ddim eto.

"Wyt ti moyn bwyd? Gwell i fi dy fwydo di, sbo," meddai'r ddynes atgas. "Pe byddet ti'n llwgu i farwolaeth byddai'r gwasanaethau cymdeithasol drosta i fel blincin rash!" Gwibiai llygaid bach main

Ceridwen dros bob twll a chornel o'r ystafell. Roedd rhywbeth yn wahanol, heb os, ond fedrai hi ddim dweud beth yn union.

Ysgydwodd Begw'i phen. Feiddiai hi ddim siarad â'i cheg yn llawn llwch. Roedd hi'n llwgu, mewn gwirionedd, ond roedd yn rhaid iddi fwrw ymlaen â'i chynllwyn i ddianc a thalai hi ddim iddi adael i fwy o bethau dorri ar ei thraws.

"Rhaid bo' ti angen defnyddio'r tŷ bach?" meddai'r ddynes fawr.

Gwelodd Begw fod llygaid ei llysfam yn crwydro'r ystafell unwaith eto. Ysgydwodd y ferch fach ei phen am yr eilwaith. Teimlai fel petai ar fin tagu ar y llwch a oedd bellach yn cosi ei chorn gwddf. Mewn gwirionedd roedd hi'n ysu i fynd i'r tŷ bach ond gorfod iddi groesi'i choesau. Petai hi'n mynd i'r lle chwech a'i llysfam yn chwilio trwy'i hystafell gallai ddod o hyd i geg y twnnel.

"Wyt ti'n gwisgo dy frês dannedd?"

Nodiodd Begw'i phen yn gadarn cyn mynd ati i geisio gwenu â'i cheg ar gau.

"Dangosa i fi," mynnodd ei llysfam.

Agorodd Begw'i cheg yn araf, dim ond rhyw fymryn, er mwyn dangos darn bach o'r metal.

"'Wi ffili gweld! Agora'n fwy llydan!"

Agorodd y ferch fach ei cheg yn anfodlon, gan ddatgelu'r brês dannedd wedi'i orchuddio mewn llwch. Syllodd y ddynes er mwyn gweld yn agosach.

"Ma angen i ti frwsio dy ddannedd – ma nhw'n afiach. Y gnawes fach frwnt!"

Caeodd Begw'i cheg a nodio'i phen er mwyn cytuno. Edrychodd Ceridwen ar ei llysferch un tro eto ac ysgwyd ei phen, wedi'i ffieiddio, cyn gadael.

Gwenodd Begw. Roedd hi wedi llwyddo i beidio â chael ei dal. Am y tro.

Arhosodd i glywed yr allwedd yn troi yn y clo ac yna trodd at y wal. Roedd ei phoster o'r grŵp pop ben i waered! Gweddïodd na fyddai'r bachgen â'r gwallt slic byth yn dod i wybod iddi osod y poster ben i waered – fo oedd ffefryn Begw ac roedden nhw'n mynd i briodi. Doedd o jyst ddim yn gwybod hynny eto.

Ac ar nodyn mymryn yn bwysicach, diolch byth na sylwodd ei llysfam nad oedd y poster wedi'i osod yn gywir. Poerodd Begw ei brês dannedd o'i cheg a sychu ei thafod sych grimp ar ei llewys er mwyn ceisio cael gwared ar y llwch, cyn dychwelyd at y gwaith.

Bu wrthi trwy'r nos yn crafu a chrafu'r wal hyd nes y llwyddodd, o'r diwedd, i dorri trwodd. Erbyn hyn roedd ei brês yn flêr ac yn gam i gyd, felly taflodd nhw i'r neilltu. Roedd hi mor hapus o fod bron â chyrraedd yr ochr draw fel y gadawodd i'w bysedd wneud y gwaith i gyd – crafu a chrafu er mwyn gwneud y twll yn fwy, gan falu darnau o blaster yn friwsion mân yn ei dwylo cyn gyflymed ag y gallai.

Sychodd Begw'i llygaid a syllu trwy'r twll. Doedd ganddi ddim syniad beth fyddai ar yr ochr draw. O edrych yn agosach sylwodd ei bod yn gallu gweld wyneb.

Wyneb cyfarwydd.

Tanwen Tomos.

20

Gornest Dynnu

Wrth gwrs, fe wyddai Begw fod y bwli'n byw rhywle yn yr un bloc o fflatiau â hi. Roedd hi a'i chriw byth a beunydd i'w gweld yn meddiannu'r parc chwarae. Yn fwy na hynny, byddai Tanwen yn poeri am ben Begw o ben rhyw risiau bob dydd, ond doedd gan Begw ddim syniad bod y ferch atgas yn byw mor agos â hyn!

Yna meddyliodd Begw am rywbeth a achosodd benbleth iddi: golygai hyn mai teulu Tanwen oedd yn gweiddi ar ei gilydd ac yn cau drysau'n glep – mwy na'i theulu hi ei hun, hyd yn oed. Tanwen oedd yr un yr oedd ei thad yn sgrechian arni. A throsti hi y bu Begw'n teimlo trueni, wrth iddi orwedd yn ei gwely gyda'r nos yn ceisio cysgu.

Ysgydwodd Begw'i phen er mwyn cael gwared ar y teimlad newydd rhyfedd yma o *gydymdeimlad* tuag at Tanwen. Yna atgoffodd ei hun o deimlad arall – llysnafedd trwyn Tanwen yn diferu i lawr ei hwyneb – a rhoddodd y gorau iddi.

Roedd hi bellach yn ganol bore. Bu Begw wrthi'n crafu a chrafu'r wal trwy'r nos. Ar ochr arall y twll chwyrnai wyneb mawr, hyll Tanwen. Roedd hi'n gorwedd ar ei gwely a osodwyd, fel petai'n adlewyrchiad perffaith, yn yr un man yn union ag y safai gwely Begw yn ei hystafell hithau. Doedd fawr ddim trugareddau yn yr ystafell, serch hynny; edrychai'n debycach i gell mewn carchar nag ystafell wely merch ifanc.

Roedd Tanwen wedi'i lapio yn ei charthen fudr. O ystyried mai merch ifanc oedd hi fe chwyrnai fel camel, yn uchel ac yn isel, a chrynai ei gwefusau wrth iddi anadlu allan.

Os nad wyt ti'n siŵr sut mae camel sy'n chwyrnu yn swnio, gwranda ar hyn:

CCCCCCCCCCCCCCCC
CCCCHHHHhhHHHHHHhhh!
H H H H H H H M M
M M M M M M M P P P P
P P P P P P P P P H H H
H H H H H H H H H H H!
C C C C C C C C C C C C
C C C C C C H H H H H
H H H H H H H H hhh H H H H
HHHHHhhhh!

Roedd hi'n ddiwrnod ysgol ac fe ddylai Tanwen fod mewn gwers erbyn hyn, ond gwyddai Begw ei bod hi'n chwarae triwant yn amlach na pheidio, a phan oedd hi yn trafferthu mynychu'r ysgol tueddai i fynd a dod fel y mynnai.

Bellach roedd Begw wyneb yn wyneb â'i gelyn pennaf. Ond doedd dim troi 'nôl. Gorchuddiwyd popeth yn ei hystafell â llwch trwchus o ganlyniad i'w gwaith cloddio. Cyn gynted ag y dôi ei llysfam i ddatgloi'r drws a sbecian arni byddai'r gêm ar ben a fyddai hi byth yn gweld Llywarch eto …

Ond y foment hon, serch hynny, roedd wyneb mawr, brawychus Tanwen reit ar ochr arall y twll. Syllodd Begw ar flew trwyn rhyfeddol o drwchus y bwli gan geisio penderfynu beth ar y ddaear i'w wneud nesaf.

Yn sydyn, meddyliodd am gynllwyn. Petai hi ond yn medru dal mewn cornel o garthen Tanwen gallai roi plwc gyflym iddi trwy'r twll. Yna, wrth i Tanwen rolio ar y llawr, gallai Begw ddringo trwy'r twll, neidio trosti a'i heglu hi trwy fflat Tanwen – a dianc.

Gwawriodd arni fod y cynllwyn cloddio hwn bellach wedi newid o fod yn un 'Llai peryglus' i fod yn 'Beryglus iawn'.

Y foment honno clywodd sŵn traed ei llysfam yn taranu i lawr y coridor.

Roedd yn rhaid i Begw wneud rhywbeth, a hynny'n gyflym. Estynnodd ei llaw trwy'r twll, anadlu'n ddwfn, a thynnu mor galed ag y gallai ar y garthen seimllyd (a deimlai fel pe na bai wedi'i golchi erioed). Roedd y plwc yn ddigon nerthol i achosi i Tanwen rolio ar lawr…

CLEWT
CLEWT
CLEWT!

Yr un pryd yn union ag y clywodd Begw'r allwedd yn troi yn nrws ei hystafell wely, dringodd trwy'r twll. Yn annhebyg i lygoden fawr, serch hynny, doedd gan Begw ddim wisgers ac er ei bod hi'n ferch anarferol o fach doedd hi ddim wedi amcangyfrif ei maint yn iawn. Pan oedd ei chorff hanner ffordd trwy'r twll aeth yn hollol, hollol sownd. Waeth faint y ceisiai wingo, fedrai hi ddim symud modfedd.

Roedd Tanwen, wrth gwrs, wedi deffro erbyn hyn, a doedd hi ddim yn edrych mewn hwyliau da a dweud y lleiaf. Roedd hi'n fwy blin na siarc mawr gwyn a oedd wedi'i alw'n enw anweddus.

Cododd y bwli ar ei thraed yn araf, edrychodd ar Begw a dechreuodd dynnu'n ffyrnig ar freichiau'r ferch fach, yn ddi-os er mwyn cael ei holl gorff i mewn i'w hystafell wely a rhoi crasfa go iawn iddi.

"Dwi'n mynd i dy gael di, y jadan fach," chwyrnodd.

"O, bore da, Tanwen," meddai Begw, â thôn ei llais yn awgrymu ymateb di-drais i'r sefyllfa anarferol hon. Yn y cyfamser, ar ôl clywed yr halibalŵ, heb os, roedd Ceridwen wedi rhuthro i'r ystafell y tu ôl iddi ac wedi cydio yng nghoesau ei llysferch. Tynnai'r ddynes atgas mor galed ag y gallai arnyn nhw.

"Dere 'ma! Aros di i mi ga'l gafael arnat ti!" sgrechiodd y ddynes fawr.

"Bore da, lysfam," galwodd Begw dros ei

hysgwydd. Eto, wnaeth y tinc sionc yn ei llais fawr ddim i dawelu'r ddynes a ddaliai'n sownd yn ei phigyrnau. Cyn hir roedd Begw'n cael ei thynnu yn ôl ac ymlaen trwy'r twll.

"Oooo!" llefodd wrth gael ei thynnu un ffordd.

"Aaaa!" criodd wrth gael ei thynnu'r ffordd arall.

Cyn hir swniai fel petai'n canu cân bop braidd yn ailadroddus.

"Oooo! Aaaa! Oooo! Aaaa! Oooo! Aaaa! Oooo! Aaaa! Oooo! Aaaa! Oooo! Aaaa!" Yn ôl. Ymlaen. Yn ôl. Ymlaen.

Yn fuan wedi hynny dechreuodd y wal chwalu'n ddarnau o'i chwmpas wrth iddi gael ei thynnu yn ôl ac ymlaen.

Roedd Tanwen yn gryf ond roedd gan llysfam Begw bwysau o'i phlaid. Cafwyd gornest dynnu ryfeddol o hafal a deimlai fel pe na bai byth am ddod i ben. Tynnai'r ddwy mor galed ar freichiau

a choesau Begw fel y daeth yn ymwybodol, wrth sgrechian, o un peth cadarnhaol am y sefyllfa: pwy bynnag a enillai, byddai Begw'n dalach, o leiaf, erbyn diwedd yr ornest.

Teimlai fel cracyr Nadolig arbennig o werthfawr.
Serch hynny, yn union fel cracyr Nadolig, roedd
hi'n siŵr o ffrwydro. Roedd darnau mwy o blaster
bellach yn briwsioni oddi ar y waliau ac yn disgyn
ar ei phen.

"AAAAAAAA
AAAAAAAAAA
AAAAAAAAAA
AAAAAAAA
AAAAAAAA
AAAAAAA!!!!"

llefodd Begw.

Ffrwydrodd crac anferth ar hyd y wal.

CCCCCCCCC
CCCCCRRRR

RRRRRRR RRRAAAAA AAAACCCCC CCCCCCC!!!!!!!!

Yn sydyn gallai Begw deimlo'r holl wal yn simsanu. O fewn dim roedd y cyfan wedi disgyn yn glewt ar lawr mewn lluwch o lwch.

BBBBBBB

B B B B B B B W

W W W W W W

MMMMMMMMM

|||||||||||||||||||||||||||||||||||||||||||

●●●●●●●●●●●●●●●●●●●●●●●●●●●●●●●

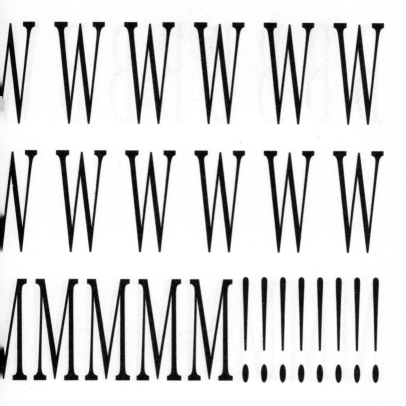

Roedd y sŵn yn fyddarol, a chyn hir y cyfan a welai Begw oedd gwynder. Edrychai rhywbeth yn debyg i hyn:

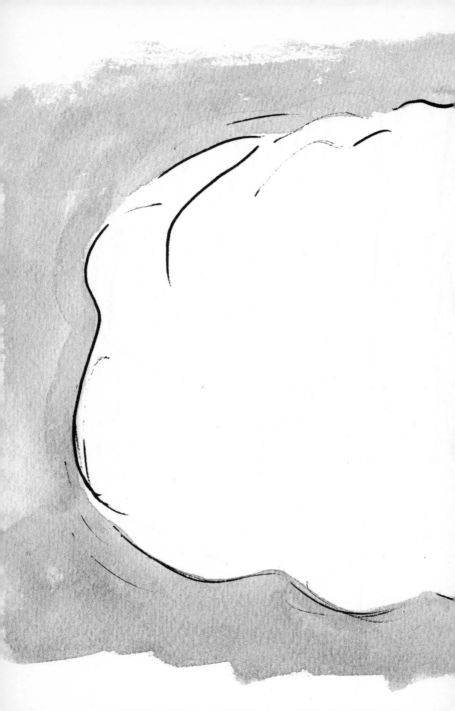

21

Pen-ôl Chwilboeth

Teimlai Begw fel petai wedi bod mewn daeargryn, ond o leiaf roedd ei breichiau a'i thraed yn rhydd rŵan.

Rhywle ynghanol y llwch yn ei hystafell wely – ystafell a rannai bellach gyda'i gelyn pennaf – gallai glywed Tanwen a'i llysfam yn pesychu. Gwyddai Begw fod ganddi lai nag eiliad i ddianc, ac aeth amdani. Gan na fedrai weld unrhyw beth, defnyddiodd ei dwylo mewn ymgais daer i ddod o hyd i ddolen y drws. Agorodd Begw'r drws a hyrddio'i hun allan ar y coridor.

Gan ei bod wedi'i drysu'n lân gan y ffrwydrad o lwch, dim ond rŵan y sylweddolodd ei bod yn rhedeg trwy fflat Tanwen. Roedd hi hyd yn oed yn fwy moel a budr nag un Begw. Doedd yna ddim dodrefn na charped, roedd y papur wal yn dod yn rhydd o'r waliau ac roedd oglau lleithder ym mhobman. Roedd fel petai Tanwen a'i theulu'n byw fel sgwatwyr yn eu fflat nhw eu hunain.

Fodd bynnag, nid dyma'r amser i feddwl am ailaddurno, hyd yn oed ailaddurno mewn chwarter awr, fel roedden nhw'n gwneud ar y teledu, ac o fewn dim daeth Begw o hyd i'r drws ffrynt. Â'i chalon fach yn curo'n gynt nag erioed, ceisiodd yn daer ei ddatgloi. Roedd ei dwylo'n crynu a fedrai hi ddim troi'r bollt.

Yna, o ganol y cwmwl llwch y tu ôl iddi, ymddangosodd dau ffigwr anferthol ac arswydus, yn wyn o'u corun i'w sawdl heblaw am eu cegau agored yn sgrechian a'u llygaid coch wedi chwyddo mewn cynddaredd. Edrychai'r cyfan fel golygfa o ffilm arswyd.

"AAAAAAAA AAAAAAAAAAAA!"

sgrechiodd Begw.

Yna sylweddolodd mai Tanwen a'i llysfam oedd yno, y ddwy ohonyn nhw wedi'u gorchuddio mewn llwch.

"AAAAAAAA AAAAAAAAAAA!"

sgrechiodd Begw.

"DERE 'MA!" gwaeddodd Ceridwen.

"DWI'N MYND I DY LADD DI!"

sgrechiodd Tanwen.

Crynodd dwylo Begw yn waeth byth ond llwyddodd, o fewn trwch blewyn, i agor y drws mewn pryd. Wrth i Begw sleifio allan, daliodd pedair llaw dew wedi'u gorchuddio â llwch gwyn yn ei dillad gan rwygo stribedi oddi ar ei siaced. Llwyddodd Begw rywsut i sleifio oddi yno a chau'r drws yn glep o'i hôl. Wrth redeg i lawr y coridor cymunedol sylweddolodd y byddai'n siŵr o gael ei dal petai'n defnyddio un o'r ddwy ffordd allan o'r bloc o fflatiau enfawr, sef y grisiau neu'r lifft.

Yna cofiodd Begw fod sgaffaldiau ar ochr bellaf y bloc o fflatiau. Gan feddwl y byddai hynny'n siŵr o gynnig ffordd i lawr, aeth draw yno ar ras. Agorodd ffenest a dringo allan ar y sgaffald, cyn cau'r ffenest y tu ôl iddi. Ysgydwai gwynt creulon y styllod pren o dan ei thraed. Edrychodd i lawr. Hanner cant o loriau! Edrychai'r bysys ar y stryd, hyd yn oed, yn bitw, fel teganau bach. Roedd hyn i gyd yn dechrau ymddangos fel syniad ofnadwy.

Ond y tu ôl iddi, gwelodd wynebau lloerig Tanwen a Ceridwen wedi'u gwasgu yn erbyn y gwydr. Roedden nhw'n curo'r ffenest yn wyllt.

Heb feddwl, rhedodd Begw ar hyd wal allanol yr adeilad wrth i'w llysfam a Tanwen frwydro dros bwy fyddai'r cyntaf i gyrraedd allan ar y sgaffald i erlid Begw. Ar ddiwedd y styllod pren roedd tiwb mawr plastig a arweiniai yr holl ffordd i lawr yr hanner cant o loriau, a'i geg mewn sgip. Roedd Begw wedi meddwl sawl tro ei fod yn edrych fel llithren ddŵr, er taw ei bwrpas oedd trosglwyddo'r holl rwbel diangen o'r gwaith adeiladu i lawr i'r ddaear yn ddiogel.

Roedd o'n ddigon mawr, o drwch blewyn, i ferch fach.

Trodd Begw a gweld bod Tanwen a'i llysfam rai camau y tu ôl iddi. Cymerodd anadl ddofn a llamu i'r tiwb. Cafodd ei hamgylchynu gan blastig coch a llithrodd i lawr yn gynt nag y gallai ddychmygu, gan sgrechian nerth ei phen. I lawr, lawr, lawr. A fyddai'r daith byth yn dod i ben? I lawr ac i lawr y troellodd, gan deithio'n gynt ac yn gynt wrth iddi nesáu at y ddaear. Doedd y ferch fach erioed wedi bod ar lithren ddŵr, ac am foment roedd y wefr o deithio mor gyflym ar ei phen-ôl yn hwyl. Ond gan nad oedd dŵr yn y tiwb aeth ei phen-ôl yn boethach ac yn boethach wrth iddo rwbio yn erbyn y plastig garw.

Yna, heb rybudd, daeth y reid i ben a hedfanodd y ferch fach allan o'r tiwb i'r sgip. Yn ffodus, roedd hen fatres a adawyd yn anghyfreithlon gan rywun ar ei waelod, a lleddfodd hwnnw ar ei chwymp. Â'i phen-ôl crasboeth bellach yn oeri, edrychodd Begw i fyny ar y sgaffald.

Gallai weld bod ei llysfam ordew yn sownd yng
ngheg y tiwb, a bod Tanwen wrthi fel lladd nadroedd
yn ceisio'i gwthio trwy roi ei holl nerth ar ben-ôl
enfawr y ddynes. Ond waeth faint roedd Tanwen
yn gwthio, doedd corff Ceridwen ddim yn ffitio.
Fedrai Begw ddim peidio â gwenu. Roedd hi'n saff,
am y tro, o leiaf. Ond gwyddai fod rhywun yr oedd
hi'n ei garu mewn perygl enbyd. Pe na byddai hi'n
dod o hyd i Llywarch yn fuan byddai'n cael ei falu'n
ddarnau mân!

22

Poer am Ddim

Dim ond pan edrychodd ar ei hadlewyrchiad yn ffenest un o'r siopau y sylweddolodd Begw ei bod hithau, fel Tanwen a Ceridwen, yn llwch o'i chorun i'w sawdl. Fedrai hi ddim deall pam bod pobl wedi bod yn edrych arni'n rhyfedd wrth ei phasio ar y stryd, na pham bod plant mewn pramiau yn beichio crio o'i gweld, cyn cael eu gwthio i'r cyfeiriad arall gan eu mamau beichiog.

Wrth lanhau'r llwch oddi ar ei horiawr fach blastig gwelodd ei bod bron yn amser cinio. Byddai fan Bryn wedi'i pharcio y tu allan i iard yr ysgol fel y byddai bob amser, a'r perchennog wrthi'n ffrio'i fyrgyrs afiach.

Roedd y llwch wedi treiddio'r holl ffordd i lawr cefn gwddf Begw, ac roedd syched ofnadwy arni, felly penderfynodd gymryd hoe fach.

TING!

"Aaaa! Miss Begw!" ebychodd Huw. "Yw hi'n Galan Gaeaf yn barod?"

"Ym, na ..." mwmialodd Begw. "Mae'n ... ym ... ddiwrnod gwisg ffansi yn yr ysgol, wyddost ti, lle mae gennym ni'r hawl i wisgo fel ein hoff gymeriad."

Craffodd Huw ar y ferch fach lychlyd. "Maddeua i mi, Begw, ond fel pwy rwyt ti wedi'i wisgo?"

"Llwchferch."

"Llwchferch?"

"Ia, Llwchferch. Mae hi'n archarwres enwog, wyddost ti."

"Chlywais i erioed amdani."

"Mae hi'n boblogaidd iawn."

"Llwchferch, ia? Felly beth yw ei phŵer arbenigol hi?" holodd Huw â chwilfrydedd gwirioneddol.

"Mae hi'n arbennig o dda am ddwstio," atebodd Begw, a oedd bellach yn awyddus iawn i ddod â'r sgwrs i ben.

"Wel, rhaid i fi ddysgu mwy amdani."

"Bydd. Dwi'n meddwl eu bod nhw'n rhyddhau ffilm *Llwchferch* y flwyddyn nesaf."

"Mae'n siŵr y bydd yn llwyddiant ysgubol," meddai Huw, yn amlwg heb ei ddarbwyllo'n llawn. "Mae pobl yn mwynhau gwylio pobl yn dwstio. Dwi'n gwybod fy mod i."

"Huw, ga i ddiod os gweli di'n dda?"

"Wrth gwrs, Miss Begw. Unrhyw beth i ti. Mae gen i boteli o ddŵr yn fan'na."

"Byddai dŵr tap yn iawn, wir."

"Na, dwi'n mynnu. Cymer botel o'r oergell."

"Diolch, Huw."

"Croeso," gwenodd Huw.

Aeth Begw draw at yr oergell a dewis potel fechan o ddŵr. Rhoddodd glec i'r rhan fwyaf ohoni cyn golchi ei hwyneb â'r gweddill. Teimlai'n well yn syth.

"Diolch, Huw, rwyt ti mor ffeind tuag ata i."

"Rwyt ti'n ferch fach arbennig iawn, Miss Begw. Ac nid yn unig oherwydd bod gen ti wallt coch. A wnei di basio'r botel wag i fi, os gweli di'n dda Miss Begw?"

Sathrodd Begw lwch ar hyd siop Huw wrth ddychwelyd y botel iddo, ac aeth yntau â'r botel i'r cefn y tu ôl i'r llenni plastig amryliw. Gallai Begw glywed sŵn tap yn rhedeg, ac o fewn eiliadau daeth Huw yn ôl i'r golwg a phasio'r botel yn ôl iddi.

"Wnei di ei rhoi hi yn ôl yn yr oergell, os gweli di'n dda?" meddai â gwên.

"Ond mae hi wedi'i gorchuddio mewn llwch, ac mae fy mhoer i dros geg y botel i gyd."

"A'r peth gorau oll am y cynllun, fy ffrind, ydi bod y poer am ddim!" meddai Huw'n fuddugoliaethus.

Edrychodd Begw ar y siopwr, ac yna dychwelodd y botel yn ufudd i'r oergell.

"Hwyl fawr, Huw."

"Hwyl fawr, ym, Llwchferch. A phob lwc!"

TING!

Erbyn hyn teimlai Begw fel petai hi yn rhyw fath o archarwres, er gwaetha'r ffaith mai dwstio oedd ei phŵer arbenigol. Ond, fel unrhyw archarwr gwerth ei halen, roedd hi'n ymladd yn erbyn drygioni.

Wrth fynd nerth ei thraed i lawr y stryd, â chwmwl o lwch yn codi y tu ôl iddi, gwelodd Begw fan Bryn. Roedd wedi'i pharcio yn yr un man ag arfer y tu allan i'r iard chwarae, ac roedd rhes hir o blant eiddgar yn ciwio ar hyd y stryd. Wrth nesáu o ochr y ffordd gwelodd y geiriau 'BRYN LLADD LLYGOD' mewn llythrennau mawr ar hyd ochr y fan.

Dyna ryfedd, meddyliodd. Cuddiodd Begw y tu ôl i arwydd hagr, curedig yr ysgol ac arhosodd nes canodd y gloch i ddynodi bod egwyl cinio ar ben. Fedrai hi ddim mentro cael ei gweld yn ôl yn yr ysgol a hithau wedi'i gwahardd. Gallai hynny arwain at ddiarddel.

DDDRRRRRıııııNNNNNnnGGG.

Canodd y gloch o'r diwedd a gweinodd Bryn ar ei gwsmer olaf, gan arllwys y sos coch rhyfedd ar fyrgyr hynod afiach yr olwg. Rhuthrodd Begw ar draws y stryd a chuddio wrth ochr arall y fan a wynebai'r palmant. O edrych i fyny ar yr ysgrifen ar yr ochr hon sylwodd ei fod yn dweud 'BYRGYRS BRYN'.

"Mae hyn mor rhyfedd," sibrydodd Begw wrthi hi ei hun. Dywedai 'BYRGYRS BRYN' ar un ochr y fan a 'BRYN LLADD LLYGOD' ar yr ochr arall.

Syllodd Begw ar y fan. Roedd y dyn afiach yn defnyddio'r un fan ar gyfer dal llygod mawr ag yr oedd o ar gyfer ffrio byrgyrs! Doedd Begw ddim yn arbenigwraig o bell ffordd, ond roedd hi'n reit siŵr na fyddai'r Asiantaeth Safonau Bwyd yn hapus iawn â hyn. Byddai'n arwain at lythyr blin, o leiaf.

Aeth Bryn i eistedd yn sedd y gyrrwr, a sgrialodd Begw rownd i'r cefn, agor y drws yn dawel a neidio i mewn. Caeodd y drws mor dawel ag y gallai y tu ôl iddi, a gorweddodd ar y llawr metal caled.

Taniwyd yr injan ac yna gyrrodd y fan i ffwrdd.

A Begw'n cuddio y tu mewn iddi.

23

Y Peiriant Malu'n Ddarnau Mân

A hithau ar ei hyd ar lawr, gwelai Begw fagiau enfawr o fyrgyrs pydredig yn gynrhon byw. Rhoddodd ei llaw dros ei cheg gan ofni y byddai'n sgrechian neu'n chwydu, neu'r ddau.

Saethodd y fan trwy'r dref. Gallai Begw'i chlywed yn crafu yn erbyn ceir eraill, a seiniai cyrn amrywiol gerbydau wrth i'r fan wibio'n wyllt trwy oleuadau traffig. Cododd Begw'i phen er mwyn gwylio'n llawn braw trwy ffenest fechan wrth iddyn nhw adael dinistr ac anhrefn o'u hôl, heb sôn am sawl drych ystlys rhacs jibidêrs. Gyrrai Bryn mor ddiofal fel y gofidiai Begw y byddai'n eu lladd nhw eu dau.

A'r fan yn teithio fel cath i gythraul, fe gyrhaeddon nhw stad ddiwydiannol fawr, wag ar gyrion y dref mewn dim o dro. Roedd warysau gweigion enfawr a edrychai fel pe baen nhw ar fin syrthio'n ddarnau i'w gweld ym mhobman, a chyn pen dim arhosodd y fan y tu allan i un a edrychai'n arbennig o adfeiliedig. Edrychodd Begw i fyny trwy'r ffenest a oedd yn drwch o saim. Roedd y warws hon fel sied awyrennau anferthol.

Anadlodd Begw'n ddwfn ac aeth pobman yn dywyll wrth i Bryn yrru'r fan i mewn i'r warws. Cyn gynted ag y daeth i stop dringodd allan trwy'r cefn a chuddio o dan y fan. Gan geisio anadlu mor dawel â phosib edrychodd o amgylch y gwagle enfawr. Gwelodd gaetsh ar ben caetsh o lygod mawr wedi'u pentyrru ar ben ei gilydd. Edrychai fel petai cannoedd ohonyn nhw yno, yn barod i gael eu malu'n ddarnau.

Gerllaw'r caetshys roedd tanc o gocrotsis

ac arno sticer a ddywedai, yn ddigon syml, 'Sos Coch'.

Dwi mor falch na wnes i erioed fwyta un o fyrgyrs Bryn, meddyliodd Begw. Er hynny, codai'r cyfan gyfog ofnadwy arni.

Ynghanol y warws roedd hen ysgol fudr a arweiniai at beiriant anferthol. *Mae'n rhaid mai hwn yw ei beiriant malu!* meddyliodd Begw. Roedd o'n hen a rhydlyd ac fe edrychai fel petai wedi'i wneud o ddarnau o geir wedi malu, hen rewgelloedd a phoptai microdon. Daliwyd y cyfan ynghyd gan dâp selo.

Wrth i Begw wylio o'i chuddfan o dan y fan aeth Bryn yn nes at y peiriant.

Twndis metal enfawr oedd prif ran y peiriant, â chludfelt hir yn arwain ohono. Hofrai pin rolio mawr pren uwchlaw'r cludfelt. Yn ymyl hwnnw safai breichiau metal mawr a arferai berthyn i beiriannau cymysgu bwyd, fwy na thebyg.

Ar ddiwedd y breichiau roedd tiwbiau metal crwn a edrychai fel darnau o hen bibau wedi'u llifio neu rannau o beipen ecsôst lorri, hyd y oed.

Os oedd sŵn gwichian y llygod mawr yn fyddarol doedd o'n ddim o'i gymharu â sŵn y peiriant.

Cyn gynted ag y cerddodd Bryn draw at y peiriant a throi'r lifer ar yr ochr i'w droi ymlaen (braich dymi o ffenest siop oedd y lifer), boddwyd y sŵn gwichian yn syth gan sŵn crensian y metal. Crynodd yr holl beiriant fel petai ar fin chwalu'n ddarnau.

Sbeciodd Begw ar Bryn wrth iddo gerdded at gaetsh yn llawn llygod mawr. Plygodd i lawr a'i godi (rhaid bod o leiaf cant o lygod mawr ynddo, sylweddolodd Begw – tybed a oedd Llywarch yn un ohonyn nhw?) cyn ymlwybro draw at yr ysgol, gan gerdded yn ofalus oherwydd y pwysau. Yn araf ond yn sicr dringodd i fyny'r ysgol, un gris ar y tro. Arhosodd am foment ar y top, simsanu ychydig ac yna gwenu gwên gyfoglyd. Roedd Begw'n ysu i weiddi allan er mwyn ei rwystro, ond fentrai hi ddim datgelu'i hun.

Yna cododd Bryn y caetsh uwch ei ben ac arllwys y llygod mawr i'r peiriant!

Disgynnodd y llygod trwy'r awyr a phlymio i'w marwolaeth anorfod. Cydiai un llygoden fach, nad oedd fawr mwy na Llywarch, yn sownd i ochr y caetsh fel petai'n dal am ei bywyd. A chwerthiniad milain, tynnodd y dyn creulon ei chrafangau bach oddi ar y metal, a phlymiodd hi i lawr i grombil y peiriant. Yna clywodd Begw sŵn crensian erchyll. Roedd o wir yn eu malu nhw'n ddarnau mân! O waelod y peiriant daeth cig mins i'r golwg. Yna cafodd y mins ei wasgu gan roliwr mawr pren cyn i'r breichiau blymio i lawr ar y cludfelt dro ar ôl tro a thorri'r cig yn siâp cacennau bychain. Aeth y cacennau yn eu blaenau wedyn cyn disgyn i focs cardfwrdd enfawr.

Erbyn hyn roedd Begw wir yn teimlo fel chwydu.

Roedd cyfrinach ofnadwy Bryn wedi'i datgelu.

Fedri di ddyfalu beth oedd cyfrinach Bryn,

ddarllenydd? Dwi'n mawr obeithio. Wedi'r cyfan, mae cliw reit amlwg yn y llun sydd ar glawr y llyfr hwn.

Oedd. Roedd Bryn yn troi llygod mawr yn fyrgyrs!

Mae'n bosib, ddarllenydd, dy fod ti wedi bwyta un heb hyd yn oed sylwi ...

"Naaaaaaaaaaaaaaaaaaaa!" sgrechiodd Begw. Fedrai'r ferch fach ddim helpu'i hun, ond roedd hi wedi datgelu'i hun mewn modd trychinebus ...

24

Byrgyr Plentyn

"Ha ha ha!" meddai Bryn, ond doedd o ddim yn chwerthin.

Camodd draw at Begw, a'i drwyn yn crychu i'w chyfeiriad. Roedd Begw'n poeni erbyn hyn ei bod hi, fel y llygod mawr, mewn perygl enbyd.

"Tyrd allan, ferch fach!" gwaeddodd y dyn. "Ro'n i'n medru dy ogleuo di yn y fan. Dwi'n arbennig o dda am ogleuo pethau, yn enwedig llygod mawr … a phlant!"

Rholiodd Begw allan o dan y fan a rhedeg at ddrws y warws, er y gallai weld yn syth ei fod ar gau ac ynghlo. Rhaid bod Bryn wedi'i gau o ar ôl gyrru i mewn. Cerddodd y dyn creulon y tu ôl iddi. Nid ymdrechodd Bryn i redeg a gwnâi hynny'r cyfan yn fwy brawychus – fe wyddai o fod Begw wedi'i chaethiwo.

Edrychodd Begw draw ar y caetshys yn llawn llygod mawr. Rhaid bod miloedd o'r creaduriaid, druain, wedi'u pentyrru yno. Sut yn y byd fyddai hi'n dod o hyd i Llywarch yn eu plith? Yr unig ddewis oedd eu gadael nhw *i gyd* yn rhydd. Ond y foment hon, serch hynny, roedd y lladdwr llygod anferthol yn brasgamu tuag ati, ei drwyn yn crychu'n fwyfwy gwyllt â phob cam.

Heb dynnu'i llygaid oddi arno teimlodd Begw'i ffordd ar hyd y wal tuag at y drws llithro enfawr. Dechreuodd ymbalfalu â'r clo mewn ymgais daer i ddianc.

"Ewch o 'ma!" gwaeddodd, â'i bysedd yn ymbalfalu hyd yn oed yn fwy gwyllt er mwyn agor y drws.

"Neu beth?" meddai Bryn dan wichian, gan

ymwthio'n nes ac yn nes. Roedd o mor agos erbyn hyn fel y gallai Begw ei ogleuo.

"Neu fe ddyweda i wrth bawb am yr hyn rydych chi'n ei wneud yma. Troi llygod mawr yn fyrgyrs!"

"Na wnei di ddim."

"Gwnaf."

"Na wnei di ddim."

"Gwnaf."

"Na wnei di ddim," meddai Bryn.

"Na wnaf!"

"Ha!" meddai Bryn. "Fe dwyllais i ti! Fe wyddwn i dy fod ti'n drwbwl y diwrnod hwnnw yn dy fflat. Dyna pam y gadewais ti i ddringo i gefn fy fan a dod i fy ngwâl gyfrinachol."

"Fe wyddech chi fy mod i yno yr holl amser?"

"O, gwyddwn. Ro'n i'n gallu dy ogleuo di! A rŵan dwi'n mynd i dy droi di yn fyrgyr. Dyna sy'n digwydd i blant bach cythreulig sy'n sticio'u trwynau ym musnes pobl eraill."

"Naaaaaa!" sgrechiodd Begw, gan barhau i ymdrechu'n daer i agor yr hen glo rhydlyd. Roedd yr allwedd yn dal ynddo ond roedd o mor stiff fel nad oedd ots faint yr ymdrechai hi – wnâi o ddim troi.

"Ha ha!" chwarddodd Bryn. "Fy myrgyr plentyn cyntaf un!"

Estynnodd allan i ddal ynddi ond er iddi lwyddo i ochrgamu o'r ffordd daliodd ei law fawr flewog mewn clwmp o'i gwallt coch cyrliog. Chwyrlïodd Begw'i breichiau yn wyllt mewn ymgais i lacio gafael y daliwr llygod. Erbyn hyn roedd o wedi gosod ei law arall ar ei hysgwydd ac yn cydio ynddi'n dynn.

Rhoddodd Begw glatsien galed iddo ar draws ei wyneb, a hedfanodd ei sbectol dywyll i'r awyr cyn glanio ar lawr.

"NA!" gwaeddodd Bryn.

Edrychodd Begw i fyny ar ei lygaid, ond doedden

nhw ddim yno. Lle dylai ei lygaid fod, roedd gan Bryn ddau dwll gwag, du fel bol buwch.

"AAAAAAAA AAAAAAAAA!" sgrechiodd Begw

mewn braw. "Does ganddoch chi ddim llygaid?!"

"Nagoes, blentyn, dwi'n hollol ddall."

"Ond ... does ganddoch chi ddim ci na ffon wen na dim."

"Does dim o'u hangen nhw arna i," meddai Bryn yn falch. "Ma gen i hwn." Tapiodd ei drwyn. "Dyma pam mai fi yw'r daliwr llygod mawr gorau yn yr holl fyd, erioed!"

Rhoddodd Begw'r gorau i geisio dianc o afael Bryn am foment. Rhewodd gan ofn. "Beth? Pam?!"

"Gan nad oes gen i lygaid, 'ngeneth i, rydw i wedi datblygu synnwyr arogleuo heb ei ail. Galla i ogleuo llygoden fawr o filltiroedd i ffwrdd. Yn enwedig babi llygoden fawr ddel fel dy un di."

"Ond … ond … ond… ry'ch chi'n gyrru fan!" poerodd Begw. "Fedrwch chi ddim gyrru os ydych chi'n ddall!"

Gwenodd Bryn, gan ddatgelu ei ddannedd gosod afiach o frwnt.

"Mae'n berffaith hawdd gyrru heb lygaid. Dwi jyst yn dilyn fy nhrwyn."

"Fe laddwch chi rhywun!"

"Yn y pum mlynedd ar hugain ers i mi fod yn gyrru dwi ddim ond wedi taro pum deg naw o bobl."

"Pum deg naw?!"

"Wn i, dyw hynny'n ddim byd. Gorfod i fi facio yn ôl dros ambell un i orffen y job yn iawn, wrth gwrs."

"Llofrudd!"

"Ia, ond os nad wyt ti'n rhoi gwybod i'r cwmni yswiriant fe gei di gadw dy fonws am beidio â hawlio."

Syllodd Begw i'r tyllau duon, dwfn yn ei wyneb.

"Beth ar y ddaear ddigwyddodd i'ch llygaid chi?" Gwyddai fod rhai pobl yn cael eu geni'n ddall, wrth gwrs, ond doedd gan Bryn *ddim llygaid o gwbl*.

"Flynyddoedd maith yn ôl ro'n i'n arfer gweithio mewn labordy anifeiliaid," cychwynnodd Bryn.

"Mewn beth?" torrodd Begw ar ei draws.

"Lle cynnal arbrofion ar anifeiliaid, ac ati, ar gyfer ymchwil meddygol. Ond ro'n i'n arfer aros yn hwyr er mwyn gwneud fy arbrofion fy hun!"

"Fel beth?" gofynnodd Begw, gan wybod i sicrwydd y byddai'r ateb yn un arswydus.

"Tynnu adenydd oddi ar gorynnod heglog, styffylu cynffonnau cathod i'r llawr, hongian cwningod bach ar lein ddillad gerfydd eu clustiau … ychydig o hwyl, dyna i gyd."

"Hwyl?"

"Ia, hwyl."

"Ry'ch chi'n ffiaidd."

"Wn i," atebodd Bryn yn falch.

"Ond dydi hynny ddim yn esbonio pam nad oes ganddoch chi lygaid."

"Bydd yn amyneddgar, ferch. Un noson fe arhosais i'n hwyr iawn yn y labordy; roedd hi'n ben-blwydd arna i ac er mwyn cael trêt ar fy niwrnod arbennig ro'n i wedi trefnu dowcio llygoden fawr mewn bath o asid."

"Na!"

"Ond cyn i mi fedru ei dowcio hi yn yr hylif fe frathodd y creadur afiach fy llaw i. Yn galed. Y llaw ro'n i'n ei defnyddio i gydio yn y fowlen o asid. Fe ffliciais fy llaw mewn poen yn sydyn ac fe hedfanodd yr asid i fy llygaid, a'u llosgi nhw. Dim ond tyllau oedd ar ôl."

Gwrandawodd Begw'n gegrwth, gan fethu â choelio erchylldra'r holl beth.

"Byth ers hynny," aeth Bryn yn ei flaen, "dwi wedi malu pob llygoden fawr y gallwn gael gafael arni. A rŵan bydd yn rhaid i fi wneud yr un peth i ti, gan dy fod wedi sticio dy drwyn yn fy musnes i, yn union fel llygoden fawr."

Meddyliodd Begw am foment. "Wel," meddai'n herfeiddiol, "mae'n ymddangos i mi fel petaech chi wedi cael yr union beth roeddech chi'n ei haeddu."

"Na, na, na, 'ngeneth i," meddai Bryn. "I'r gwrthwyneb. Dwi'n mynd i gael yr hyn dwi'n ei haeddu rŵan, rhywbeth blasus dros ben ... pan fydda i'n dy fwyta di!"

25

Draenog Marw

Ag un llaw yn parhau ar y clo llwyddodd Begw, o'r diwedd, i droi'r allwedd. Plyciodd ei phen dros ei hysgwydd a, gan ddilyn esiampl y llygoden yn y labordy, suddodd ei dannedd i fraich Bryn mor galed ag y gallai.

"AAAAAAAAWWWWWWW!!!!!!!" gwaeddodd y dyn mileinig, ac mewn adwaith atblyg neidiodd ei law enfawr oddi ar ei hysgwydd fechan gan dynnu llond dwrn o'i gwallt cochlyd yr un pryd. Agorodd Begw ddrws mawr metal y warws led y pen a rhedeg allan i'r stad ddiwydiannol.

Roedd y lle'n dawel fel y bedd, â goleuadau pŵl

yn goleuo stryd lydan o goncrid gwag wedi cracio. Tyfai chwyn allan o'r craciau.

Heb wybod yn iawn ble i fynd, rhedodd Begw nerth ei thraed. Rhedodd a rhedodd a rhedodd. Rhedodd mor gyflym fel y meddyliodd y byddai'n baglu dros ei thraed ei hun. Yr oll oedd ar ei meddwl oedd rhoi cymaint o bellter â phosib rhyngddi hi a Bryn. Ond roedd y stad mor anferthol, serch hynny, roedd adeiladau o'i chwmpas o hyd.

Heb fentro edrych yn ôl gallai glywed injan y fan yn cael ei thanio a Bryn yn ei rhoi hi mewn gêr. Rŵan roedd Begw'n cael ei herlid gan ddyn dall yn gyrru fan. O'r diwedd trodd, a gweld y fan yn methu'r drws agored yn llwyr ac yn gyrru'n glatsh trwy wal y warws...

C C C C C C C C C C C
C C C R R R R R R
R R A A A A A S S S S
S S H H H H H H H H ! ! ! ! ! ! ! ! ! !

Ni rwystrwyd y fan gan y gwrthdrawiad. Yn hytrach hyrddiodd yn gynt ac yn gynt tuag at Begw.

Wrth graffu trwy ffenest flaen y fan, gallai Begw weld y tyllau duon lle unwaith bu llygaid Bryn. Oddi tanyn nhw crychai ei drwyn yn wyllt, ei radar arogleuo yn amlwg yn barod i ganfod merched bach pengoch.

Anelai'r fan yn syth tuag ati ac fe deithiai'n gynt ac yn gynt bob eiliad. Roedd yn rhaid i Begw wneud rhywbeth neu fe fyddai hi'n ddraenog marw ar y ffordd, chwedl y gân.

Roedd yn rhaid gwneud rhywbeth yn gyflym.

Gwibiodd Begw i'r chwith, a gwibiodd y fan i'r chwith hefyd. Rhuthrodd Begw i'r dde, a charlamodd y fan i'r dde hefyd. Y tu ôl i'r llyw, lledaenodd gwên fileinig Bryn. Roedd o'n nesáu bob eiliad at greu ei fyrgyr merch-fach-bengoch gyntaf erioed.

Cyn pen dim hyrddiodd y fan i gêr uchel gan ennill tir ar Begw, a redai cyn gyflymed ag y cariai

ei choesau bach hi. O'i blaen gwelodd gasgliad o finiau a phentwr o fagiau sbwriel anghofiedig wedi'u pentyrru wrth eu hymyl. Âi ei meddwl ar fwy o ras na'i choesau, a meddyliodd am gynllun …

Neidiodd Begw draw at y biniau a chodi sach arbennig o drwm yr olwg. Wrth i'r fan hyrddio tuag ati taflodd y bag at y bonet. Pan drawodd y bag y bonet, rhoddodd Begw sgrech annaearol, fel petai wedi'i tharo.

"AAAAAAA AAAAAAAAAAA!!!!!"

Yna, rhoddodd Bryn y fan yn y gêr ôl, heb os gyda'r bwriad o wneud yn siŵr ei fod wedi'i lladd.

Wrth i'r injan sgrechian, sgrechian wnaeth Begw hefyd. Aeth y fan yn ei hôl dros y sach.

Yna, neidiodd Bryn allan o'i fan a chrychodd ei

drwyn wrth geisio dod o hyd i'r hyn a dybiai oedd corff y ferch fach. Yn y cyfamser, cerddodd y ferch fach honno ar flaenau'i thraed cyn cropian o dan ffens weiars i ddiffeithdir a rhedeg nerth ei thraed heb edrych yn ôl.

Pan fethodd ei chorff â rhedeg cam ymhellach, dechreuodd Begw loncian, a phan fethodd â loncian mwyach, cerddodd. Wrth gerdded meddyliodd yn ofalus beth ddylai wneud nesaf. Roedd hi wedi dod ar draws dyn dall oedd yn gyrru fan ac yn gwneud byrgyrs llygod mawr. Pwy fyddai'n ei chredu hi? Roedd arni *angen* rhywun i'w helpu. Roedd hi'n amhosib iddi fynd i'r afael â Bryn ar ei phen ei hun.

Athro neu athrawes? Na. Wedi'r cyfan, roedd hi wedi'i gwahardd o'r ysgol ac wedi'i rhybuddio rhag dychwelyd. Byddai'r prifathro yn ei diarddel hi yn y fan a'r lle petai hi'n mynd yn ôl yno.

Huw? Na. Roedd arno ofn llygod mawr. Rhedai

i lawr y stryd mewn panig dim ond o weld un bach. Fyddai dim gobaith o'i gael o i roi yr un droed yn y warws â channoedd o lygod mawr yno.

Yr heddlu? Na. Fydden nhw byth yn coelio stori anhygoel Begw. Fyddai hi'n ddim mwy na merch arall o'r stad amheus a oedd wedi'i gwahardd o'r ysgol ac yn rhaffu celwyddau er mwyn cael ei hun allan o drwbwl. Gan fod Begw mor ifanc byddai'r heddlu yn ei martsio'n syth adref at ei llysfam greulon.

Dim ond un person fedrai ei helpu hi rŵan.

Dad.

Bu'n amser maith ers iddo fod yn dad go iawn iddi, ers iddo ddod â hufen iâ arallfydol adref iddi ei flasu, neu chwarae gyda hi yn y parc. Ond roedd Ceridwen yn anghywir – roedd Dad yn ei charu hi, roedd o wastad wedi, dim ond ei fod o mor drist erbyn hyn fel na fedrai ddangos hynny mwyach.

Gwyddai Begw ble i ddod o hyd iddo.

Yn y dafarn.

Ond roedd problem fawr. Mae hi yn erbyn y gyfraith i blant fynd mewn i dafarndai.

26

Y Dwrn a'r Benglog

Âi tad Begw i'r un dafarn bob dydd – adeilad to fflat ar gyrion y stad, â draig goch yn hongian uwch y drws a chi Rottweiler ffyrnig yr olwg wedi'i glymu y tu allan. Doedd o ddim yn lle i ferched bach. Yn wir, dywedai'r gyfraith mai'r rhai dros un ar bymtheg yn unig oedd â'r hawl i fynd i mewn.

Deuddeg oed oedd Begw. Yn waeth na hynny, roedd hi'n fach am ei hoed ac fe edrychai'n iau.

'Y Dwrn a'r Benglog' oedd enw'r dafarn, ac roedd hi hyd yn oed yn llai croesawgar nag y swniai.

Gan ochrgamu'n ofalus heibio i'r Rottweiler y tu allan, syllodd Begw i mewn trwy ffenest graciog y dafarn. Gwelodd ddyn a edrychai fel ei thad yn eistedd ar ei ben ei hun, yn ei gwman dros fwrdd, a gwydr peint hanner llawn yn ei law. Rhaid ei fod wedi syrthio i gysgu yn y dafarn. Curodd Begw ar y ffenest, ond symudodd o'r un blewyn. Curodd yn galetach y tro hwn, ond ddeffrodd Dad ddim o'i drwmgwsg.

Doedd gan Begw ddim dewis bellach ond torri'r gyfraith a mynd trwy'r drws. Anadlodd yn ddwfn a sefyll ar flaenau'i thraed er mwyn gwneud ei hun fymryn yn dalach, er nad oedd unrhyw siawns y byddai unrhyw un yn coelio'i bod hi'n ddigon hen i fod yno.

Wrth i'r drws agor, trodd sawl dyn tew mewn crysau pêl-droed Cymru o gwmpas cyn edrych i lawr at lefel Begw. Prin bod y dafarn yn lle i fenywod, heb sôn am ferched.

"Dos allan o fa'ma!" gwaeddodd y landlord gwritgoch. Roedd ganddo yntau ben moel hefyd, wedi'i fframio gan ambell flewyn o wallt ar yr ochr a phonitêl. Roedd ganddo datŵ ar ei ben a ddywedai CYMRU AM BYTH. Wel, a dweud y gwir roedd o'n dweud HTYB MA URMYC. Roedd o'n amlwg wedi gwneud y tatŵ ei hun o flaen drych gan ei fod o tu chwith i gyd.

"Na," meddai Begw. "Dwi angen nôl Dad."

"Dio'r ots gen i!" cyfarthodd y landlord. "Allan! Allan o 'nhafarn i!"

"Os taflwch chi fi allan fe'ch riportia i chi i'r heddlu am roi diod i yfwyr dan oed!"

"Dan oed?! I bwy?"

Cymerodd Begw ddracht o beint hen ddyn diddannedd ar fwrdd cyfagos. "Fi!" meddai'n fuddugoliaethus, cyn i flas afiach yr alcohol dreiddio i'w thafod a gwneud iddi deimlo fel chwydu.

Yn amlwg fe ddryswyd y dyn gwritchoch â'r pen moel yn lân gan y bygythiad hwn, a ddywedodd o ddim byd am foment. Aeth Begw draw at fwrdd ei thad.

"DAD!" gwaeddodd. "DAD!!!"

"Be? Be sy'n digwydd?" dywedodd, gan ddeffro'n sydyn.

Gwenodd Begw arno.

"Begw? Beth yn y byd wyt ti'n ei wneud yma? Paid â dweud mai dy fam sydd wedi dy anfon di?"

"Dyw hi ddim yn fam i fi, a na, nid hi anfonodd fi."

"Felly pam wyt ti yma?"

"Dwi angen dy help di."

"Efo beth?"

Cymerodd Begw anadl ddofn. "Mae 'na ddyn mewn warws ar gyrion y dref sydd, os na wnawn ni ei stopio fo rŵan hyn, yn mynd i droi fy llygoden fawr anwes i yn fyrgyr."

Edrychai Dad fel pe na bai wedi'i argyhoeddi o gwbl, a thynnodd wyneb a awgrymai fod ei ferch yn hanner call a dwl. "Llygoden fawr anwes? Byrgyrs?

Begw, plis." Rholiodd Dad ei lygaid. "Rwyt ti'n tynnu 'nghoes i!"

Edrychodd Begw i fyw llygaid ei thad. "Ydw i erioed wedi dweud celwydd wrthat ti, Dad?" gofynnodd.

"Wel, ym …"

"Mae hyn yn bwysig, Dad. Meddylia. Ydw i erioed wedi dweud celwydd wrthat ti?"

Meddyliodd Dad am eiliad. "Wel, fe wnest ti ddweud y byddwn i'n dod o hyd i swydd arall …"

"Fe wnei di, Dad, cred ti fi. Rhaid i ti beidio â rhoi'r ffidil yn y to."

"Dwi wedi rhoi'r ffidil yn y to," meddai Dad yn drist.

Syllodd Begw ar ei thad. Edrychai fel petai bywyd wedi mynd yn drech nag o. "Does dim rhaid i ti. Wyt ti'n meddwl y dyliwn i roi'r gorau i fy mreuddwyd o gael fy sioe fy hun o anifeiliaid yn perfformio?"

Gwgodd Dad. "Na, wrth gwrs na ddylet ti."

"Wel, beth am i ni daro bargen na fydd yr un ohonon ni'n anghofio ein breuddwydion, 'te," meddai Begw. Nodiodd Dad yn ansicr. Yna aeth Begw amdani. "Dyna'n union pam mae'n rhaid i fi gael fy llygoden fawr yn ôl. Dwi wedi bod yn ei hyfforddi fo – mae o'n gallu gwneud cymaint o driciau yn barod. Mi fydd o'n anhygoel."

"Ond … warws? Byrgyrs? Mae'r cyfan yn swnio dros ben llestri braidd."

Syllodd Begw i ddyfnderoedd llygaid ei thad. "Dwi ddim yn dweud celwydd wrthat ti, Dad. Dwi'n addo."

"Wel, na, ond—" poerodd.

"Does dim 'ond' amdani, Dad. Mae arna i angen dy help di. Rŵan. Fe wnaeth y dyn yma fygwth fy nhroi i yn fyrgyr."

Edrychodd ei thad yn llawn arswyd. "Beth? Ti?"

"Ia."

"Nid dim ond y llygod mawr?"

"Na."

"Fy merch fach i? Yn fyrgyr?"

Nodiodd Begw'n araf.

Cododd Dad o'i gadair. "Y dyn milain. Fe wna i iddo dalu am hynna. Rŵan … gad i mi gael un peint bach arall ac yna fe ewn ni."

"Na, Dad, mae angen i ti ddod rŵan."

Ar hynny fe ganodd ffôn Dad. Fflachiodd enw'r galwr ar y sgrin. 'Y Ddraig'.

"Pwy yw 'Y Ddraig'?"

"Dy fam. Hynny yw, Ceridwen."

Felly 'Y Ddraig' oedd enw Ceridwen yn ffôn Dad. Gwenodd Begw am y tro cyntaf ers oesoedd.

Yna meddyliodd Begw am rywbeth ofnadwy. Efallai fod Bryn gyda hi!

"Paid â'i ateb o!" ymbiliodd ar ei thad.

"Beth wyt ti'n feddwl 'paid â'i ateb o'? Fe fydda i

mewn cymaint o drwbwl os na wna i!" Gwasgodd y botwm ateb ar ei ffôn.

"Ia, cariad?" meddai Dad mewn llais cariadus nad oedd yn argyhoeddi. "Dy lysferch?"

Ysgydwodd y ferch fach ei phen yn wyllt ar ei thad.

"Na, na, dwi heb ei gweld hi …" meddai Dad yn gelwyddog. Ebychodd Begw mewn rhyddhad.

Gwrandawodd Dad am foment cyn rhoi ei law dros y derbynnydd fel nad oedd modd clywed yr hyn yr oedd ar fin ei ddweud. "Mae 'na ddyn dal llygod draw yn y fflat, mae o'n edrych amdanat ti. Mae o'n dweud ei fod o'n dychwelyd y llygoden fawr i ti, heb ei niweidio. Mae o'n awyddus i'w rhoi hi i ti'n bersonol."

"Trap ydi o," sibrydodd Begw. "Fo wnaeth drio fy lladd i."

"Os gwela i hi, fe wna i dy ffonio di'n syth, cariad. Hwyl fawr!"

Gallai Begw glywed ei llysfam yn sgrechian ar ochr arall y ffôn wrth i'w thad ddod â'r alwad i ben.

"Dad, mae angen i ni fynd i'w warws o, rŵan hyn. Os rhedwn ni falle y cyrhaeddwn ni cyn Bryn er mwyn achub Llywarch."

"Llywarch??"

"Fy llygoden anwes i."

"O, reit." Meddyliodd Dad am foment. "Pam mai dyna'i enw fo?"

"Mae hi'n stori hir. Tyrd 'laen, Dad, ffwrdd â ni. Does dim eiliad i'w cholli!"

27

Twll yn y Ffens

Arweiniodd Begw'i thad allan o'r dafarn, heibio'r Rottweiler ac i'r stryd. Safodd Dad yno'n simsanu o dan olau oren y stryd am foment. Edrychodd i fyw llygaid ei ferch. Cafwyd tawelwch hir. "Mae arna i ofn, cariad," meddai Dad.

"A finna." Estynnodd Begw ei llaw a chydio'n dyner yn llaw ei thad. Dyma'r tro cyntaf iddyn nhw ddal dwylo ers misoedd, blynyddoedd, hyd yn oed. Arferai Dad roi'r cwtshys gorau iddi, ond ar ôl i Mam farw aeth o'n fewnblyg i gyd, a ddôi o ddim allan o'i gragen mwyach.

"Ond fe allwn ni wneud hyn efo'n gilydd," meddai Begw. "Dwi'n gwybod y gallwn ni."

Edrychodd Dad i lawr ar law ei ferch, oedd mor fach yn ei law yntau, a ffurfiodd deigryn yn ei lygad. Gwenodd Begw'n gefnogol ar ei thad.

"Tyrd 'laen …" meddai.

Cyn hir roedden nhw'n rhedeg trwy'r strydoedd, a'r ysbeidiau o dywyllwch a goleuni'r lampau yn mynd heibio'n gynt ac yn gynt.

"Felly mae'r gwallgofddyn yma'n gwneud llygod mawr o fyrgyrs?" meddai Dad a'i wynt yn ei ddwrn.

"Na, Dad, y ffordd arall rownd."

"O, ia, wrth gwrs. Sorri."

"Ac mae ganddo fo'r warws anferthol yma ar y stad ddiwydiannol ar gyrion y dref," meddai Begw yn fyr ei hanadl, gan dynnu ei thad ar ei hôl gerfydd ei law.

"Dyna lle ro'n i'n arfer gweithio yn y ffatri hufen iâ!" ebychodd Dad. "Mae hynny filltiroedd i ffwrdd."

"Dydi o ddim. Ro'n i'n arfer cymryd llwybr tarw

pan o'n i'n hwyr, does ond angen i ni dorri trwy fan hyn. Dilyna fi."

Daliodd Dad yn llaw ei ferch a'i harwain trwy dwll yn y ffens. Fedrai Begw ddim peidio â gwenu wrth feddwl pa mor gyffrous oedd y cyfan.

Ond buan y diflannodd ei chyffro pan sylweddolodd eu bod yn cerdded trwy domen sbwriel.

Cyn pen dim roedd Dad hyd at ei bengliniau a Begw hyd at ei chanol mewn sbwriel. Baglodd Begw, felly cododd Dad ei ferch a'i rhoi ar ei ysgwyddau fel yr arferai wneud pan fydden nhw'n mynd am dro i'r parc pan oedd hi'n fach iawn. Daliodd yn dynn yn ei choesau â'i ddwylo.

Gyda'i gilydd gwthiodd y ddau yn eu blaenau drwy'r cannoedd o fagiau bin. Cyn hir daeth y warysau i'r golwg, yn fynwent anferthol o adeiladau gweigion wedi'u trochi mewn môr o oleuni cras.

"Dyna lle'r o'n i'n arfer gweithio," meddai Dad

gan bwyntio at un o'r warysau. Roedd hen arwydd treuliedig uwchben y drws: 'Y CWMNI HUFEN IÂR PERFFAITH'.

"Hufen iâr?" holodd Begw.

"Mae rhyw geiliog dandi wedi ychwanegu 'r'!" atebodd Dad, a chwarddodd y ddau. "Mawredd, mae blynyddoedd ers i mi fod yma," meddai Dad.

Pwyntiodd Begw at wal y warws oedd bellach â thwll siâp fan ynddi. "Fan Bryn yw honna!"

"Reit."

"Tyrd 'laen. Mae angen i ni achub Llywarch."

Dilynodd y tad a'r ferch wal allanol y warws nes cyrraedd y twll. Camodd y ddau i mewn a syllu ar y warws enfawr. Ymddangosai'r adeilad yn wag, heblaw am y miloedd o lygod mawr. Roedd y creaduriaid truenus yn parhau wedi'u pentyrru mewn caetshys, gan aros eu tynged erchyll ym mhadell ffrio'r fan byrgyrs.

Doedd dim golwg o Bryn yn unman – rhaid ei fod yn y fflat gyda llysfam greulon Begw o hyd, yn aros i ddal Begw pan ddeuai hi gartref. Heb os byddai'r syniad o'i throi hi'n fyrgyr anferthol yn sicr o ddod â dŵr i'w ddannedd.

Camodd Begw a Dad yn anniddig i'r warws, a dangosodd Begw'r peiriant malu brawychus i'w thad.

"Mae o'n dringo i fyny'r ysgol hon ac yn gollwng y llygod mawr i'r twndis yma, ac mae'r pethau bach yn cael eu rholio'n fflat fan hyn cyn cael eu ffurfio'n gacennau bach."

"Nefoedd yr adar!" meddai Dad. "Felly mae o *yn* wir."

"Fe ddywedais i, yn do?" atebodd Begw.

"Pa un o'r trueiniaid bach yma ydi Llywarch?" gofynnodd Dad, gan syllu ar y miloedd o lygod ofnus wedi'u cywasgu'n uchel yn y mynyddoedd o gaetshys.

"Wn i ddim," atebodd Begw, gan chwilio trwy'r holl wynebau ofnus a syllai arni o'r caetshys a bentyrrwyd ar ben ei gilydd. Wrth eu gweld nhw yno, wedi'u cywasgu mewn tŵr anferthol o lygod mawr, meddyliodd am y bloc o fflatiau lle'r oedd hi a Dad a Ceridwen yn byw.

Ond eto, meddyliodd Begw, *roedd hi'n waeth o lawer ar y llygod mawr, yn cael eu malu'n fyrgyrs, ac ati.*

"Rŵan, ble mae o?" meddai. "Mae ganddo fo drwyn bach pinc del iawn."

"Mae'n flin gen i, 'nghariad i, ond maen nhw i gyd yn edrych yr un fath i fi," meddai Dad, a oedd yn ceisio'i orau i ddod o hyd i un â thrwyn arbennig o binc.

"Llywarch? LLYWARCH!" galwodd Begw.

Gwichiodd yr holl lygod mawr. Roedd pob un wan jac ohonyn nhw'n ysu i ddianc.

"Bydd yn rhaid i ni adael y cyfan yn rhydd," meddai Begw.

"Syniad da," atebodd Dad. "Reit, dringa di ar fy ysgwyddau i, a datgloi'r caetsh ar y top."

Cododd Dad ei ferch fach a'i rhoi i eistedd ar ei ysgwyddau. Yna daliodd hithau yn ei ben a chodi i sefyll yn araf.

Dechreuodd Begw ddatod y darnau o weiren fetal a gadwai'r caetshys ynghlo. Dwi'n dweud caetshys – basgedi ffrio sglodion oedd yn hen fel pechod oedden nhw mewn gwirionedd.

"Sut wyt ti'n dod yn dy flaen?" gofynnodd Dad.

"Dwi'n trio, Dad. Dwi bron wedi agor yr un cyntaf."

"Da'r hogan!" meddai Dad mewn anogaeth.

Serch hynny, cyn i Begw fedru agor y caetsh cyntaf, taranodd fan Bryn, a edrychai fel petai wedi gweld dyddiau gwell, i mewn i'r warws, gan chwalu'r drws llithro metal mawr yn deilchion …

CCCcRRRRR RRAAAASSSSS SSHHHHHHHH!!!!!!!!!!

… cyn sgrechian i stop.

RRRR**RR**RRRRR
RRRRRRRRR
RRRRRRRRR
RRRRRRRRRR
RRRRRRRRRR
RRRRRRRRRR
R**R**RRRRRRRRR
RRRRRRRRR
!!!!!!!!!!!!!!!!!!!!!!
!!!!!!!!!!!!!!!!!!!!!!

Roedd Begw a Dad mewn trwbwl mawr …

28

Gwenwyn Llygod Mawr

"Dwi wedi dy ddal di rŵan!" gwichiodd Bryn wrth iddo neidio i lawr o sedd y gyrrwr. "Pwy yw hwnna sydd efo ti, ferch fach?"

Edrychodd Dad i fyny'n nerfus ar ei ferch fach. "Neb!" meddai hithau.

"Y diawl diwerth o ŵr sda fi yw e!" cyhoeddodd Ceridwen, wrth ymddangos o ochr arall y fan.

"Ceridwen?" meddai Dad wedi'i synnu. "Beth wyt ti'n ei wneud yma?"

"Doeddwn i ddim am ddweud wrthat ti, Dad," meddai Begw, gan gamu i'r llawr o ysgwyddau ei thad, "ond fe glywais i fo a Ceridwen yn bod yn gariadus iawn …!"

"Na!" meddai Dad.

Gwenodd Ceridwen yn hunanfodlon ar y pâr. "Ydi, ma'r gnawes fach yn llygad ei lle. 'Wi'n mynd i redeg bant gyda Bryn yn ei fan."

Strytiodd Ceridwen draw at y daliwr llygod a chydio yn ei law. "Ry'n ni'n caru ein gilydd yn fawr iawn."

"Ac yn caru malu llygod mawr yn ddarnau mân," ychwanegodd Bryn.

"O ydyn, ni'n dwlu ar ladd llygoden neu ddwy!"

Gyda hynny, rhannodd y ddau gusan gyfoglyd. Roedd yn ddigon i wneud i Begw fod eisiau chwydu.

"Ro'n i'n dy ffansïo di fwy pan oedd gyda ti fwstásh, cofia, Bryn," meddai'r ddynes dwpach na thwp. "Wnei di ei dyfu fe 'nôl?"

"Ry'ch chi'ch dau'n afiach!" gwaeddodd Dad. "Sut allech chi fwynhau lladd yr holl greaduriaid bach yna?"

"O, cau dy geg, y twpsyn!" bloeddiodd Ceridwen.

"Ma'r llygod mawr 'na'n haeddu marw, y pethe bach afiach!" Yna oedodd am eiliad ac edrych ar ei llysferch. "'Na pam laddes i dy fochdew di."

"Chi laddodd Cochyn?" sgrechiodd Begw â dagrau yn ei llygaid. "Ro'n i'n gwybod!"

"Yr ast greulon!" gwaeddodd Dad.

Unwyd Ceridwen a Bryn gan eu creulondeb, a rhannodd y ddau chwerthiniad ffiaidd.

"Ie, do'n i ddim moyn y peth bach brwnt 'na yn fy fflat i. Felly fe gymysges i wenwyn llygod mawr yn ei fwyd e. Ha ha!" ychwanegodd y ddynes afiach.

"Sut gallet ti wneud hynny?" gwaeddodd Dad.

"O, cau dy geg. Dim ond bochdew oedd e. O'n i wastad yn ei gasáu e!" atebodd Ceridwen.

"Gwenwyn llygod mawr. Mmmm. Marwolaeth araf hyfryd!" ychwanegodd Bryn gan chwythu wrth chwerthin. "Dim ond eu bod nhw'n blasu braidd yn rhyfedd wedyn, dyna i gyd."

Hyrddiodd Begw'i hun atyn nhw – roedd hi'n

dyheu am rwygo'r ddau yn ddarnau mân. Daliodd Dad hi yn ôl.

"Begw, na! Wyddost ti ddim beth wnawn nhw." Bu'n rhaid i Dad ddefnyddio'i holl nerth er mwyn rhwystro'i ferch rhag ymosod arnyn nhw. "Sbïwch, dydyn ni ddim isio unrhyw drwbwl, jyst rhowch llygoden fawr Begw yn ôl iddi. Rŵan. Ac fe ewn ni."

"Byth!" poerodd Bryn. "Y babis llygod mawr yw'r rhai mwyaf blasus. Ro'n i'n ei gadw fo'n arbennig ar gyfer ein dêt bach ni, Ceridwen. Mmm ..."

Yn araf, estynnodd Bryn i boced afiach o fudr ei ffedog.

"A dweud y gwir," meddai, "mae dy Lywarch bach gwerthfawr di gen i fan hyn ..."

Yna tynnodd y llygoden fawr o'i boced gerfydd ei chynffon. Felly yno y bu Llywarch gydol yr amser, yn ffedog Bryn, ac nid yn y caetshys! Roedd Bryn wedi clymu dwylo a thraed bach Llywarch wrth ei gilydd yn dynn â weiren fetal i'w rwystro rhag ffoi. Edrychai fel campwr dianc mewn sioe!

"Naaaaa!" gwaeddodd Begw pan welodd hi fo.

"Mi wneith o fyrbryd blasus dros ben. Llywarchfyrgyr go iawn!" meddai Bryn gan lyfu ei wefusau.

Astudiodd Ceridwen yr hen beth bach yn hongian yn yr awyr, cyn troi at Bryn. "Galli di ei fwyte fe, 'nghariad i," meddai. "Falle y gwna i sticio i'r creision prôn coctel, os nag oes ots 'da ti."

"Beth bynnag rwyt ti isio, fy angel o'r nef."

Baglodd y dyn dall draw at y peiriant malu a throi'r lifer. Atseiniodd sŵn rhygnu ofnadwy trwy'r warws. Yn araf dechreuodd Bryn ddringo'r ysgol i ben y twndis.

"Rho'r llygoden fawr yna i mi!" gwaeddodd Dad.

"Ti'n meddwl bod unrhyw un erioed wedi talu unrhyw sylw i ti? Ti'n jôc!" chwarddodd Ceridwen.

Brwydrodd Begw'n rhydd o afael ei thad a rhedeg ar ôl Bryn. Roedd yn rhaid iddi achub Llywarch! Ond erbyn hyn roedd y dyn maleisus hanner ffordd i fyny'r ysgol ac roedd Llywarch, druan, yn gwingo cymaint ag y gallai ac yn gwichian mewn ofn. Cydiodd Begw yng nghoes Bryn, ond ysgydwodd ef ei droed yn wyllt er mwyn cael gwared arni. Yna ciciodd Bryn hi yn ei thrwyn gyda sawdl ei esgid. Disgynnodd Begw'n galed ar y llawr concrid oddi tani.

"AAAAAAA AAAAAAAAAA!!!!! !!!!!!!!" sgrechiodd Begw.

Gwibiodd Dad draw at yr ysgol a dilynodd y lladdwr llygod mawr i fyny arni. O fewn dim roedd y ddau ddyn yn sefyll yn ansicr ar y gris uchaf, a'u pwysau wedi'u cyfuno yn achosi i'r ysgol siglo o ochr i ochr. Daliodd Dad yng ngarddwrn Bryn a'i wthio i lawr er mwyn ei orfodi i ollwng ei afael ar y llygoden.

"Gollynga fy ngŵr i yn y peiriant byrgyrs tra wyt ti wrthi!" gwawdiodd Ceridwen.

Brwsiodd penelin Dad i fyny yn erbyn wyneb Bryn gan daro sbectol y daliwr llygod oddi ar ei ben. Cafodd Dad cymaint o fraw wrth ddod wyneb yn wyneb â'r pyllau tywyll lle dylai llygaid Bryn fod fel y camodd yn ôl a baglu. Llithrodd ei droed yn ôl oddi ar ben yr ysgol a thuag at y twndis.

Dechreuodd Dad lithro i lawr i'r peiriant malu. Ceisiodd ddal ei afael ar ffedog Bryn â'i holl nerth, ond roedd honno mor seimllyd fel y collodd ei afael yn syth.

"Plis, plis," meddai Dad. "Helpa fi i fyny."

"Na. Dwi'n mynd i dy fwydo di i'r plant," meddai Bryn yn gras, a'i chwerthiniad yn clecian yn ei wddf. Tynnodd fysedd Dad oddi ar ei ffedog, un wrth un.

"A dy ferch di fydd nesaf!"

"Ie! Tafla hi i mewn hefyd!" anogodd Ceridwen.

Wedi colli ei gwynt yn lân, cododd Begw'n ansicr ar ei dwylo a'i thraed a chropian draw at yr ysgol i helpu ei thad. Ceisiodd Ceridwen yn daer ei rhwystro gan ddal yn giaidd yng ngwallt y ferch fach a'i thynnu yn ôl. Yna trodd ei llysferch o gwmpas gerfydd ei gwallt a'i thaflu i'r awyr.

I fyny, fyny, fyny …

Ac yna i lawr.

Yn galed.

Sgrechiodd Begw mewn poen wrth daro'r llawr am yr eildro.

"Aaaaaaaaaa aaaaaaaaaaaaaaaaaa aaaaaaaaaaaaaa!!!!! !!!!!!!!"

Er gwaetha'r ffaith fod ei gwallt cyrliog trwchus yn amddiffyn ei phen, bu Begw mewn sioc am eiliad.

"Bryn? Arhosa di yn fan'na ac fe helpa i di i orffen y job yn iawn!" galwodd Ceridwen ar y ddau ddyn oedd yn parhau i ymladd ar ben y peiriant byrgyrs. Yn araf, gwnaeth y ddynes afiach o dew ei ffordd i fyny'r grisiau, â'r ysgol yn gwichian o dan ei phwysau sylweddol.

A hithau'n parhau'n benysgafn, agorodd Begw'i llygaid i weld ei llysfam yn simsanu ar ben yr ysgol. Roedd y ddynes yn ceisio halio bysedd Dad oddi ar ffedog seimllyd Bryn. Un wrth un roedd hi'n eu plygu nhw yn ôl, gan chwerthin yn gras wrth iddi orfodi ei gŵr yn agosach ac yn agosach at gael ei droi'n fyrgyr.

Serch hynny, gan fod Ceridwen mor drwm fe achosodd ei phwysau, wrth iddi blygu i un ochr i halio bys bach olaf y dyn druan, i'r holl ysgol ddymchwel i un ochr.

C Cccrrrra aaaaaassssssssssss sssshhhhhhhhhhh!!!!!!

Syrthiodd Bryn a Ceridwen ymlaen, tin-dros-ben, i'r peiriant malu …

… llwyddodd Dad o drwch blewyn i ddal ei afael ar ochr y twndis ag un llaw …

… ond roedd Llywarch yn disgyn i'r peiriant gyda'r daliwr llygod creulon. Fedrai dim byd rwystro'r babi llygoden fawr rhag cael ei malu'n fil o ddarnau mân …

29

Sliperi Pinc Fflwfflyd

Y foment honno, wrth i Bryn syrthio drwy'r awyr, brathodd Llywarch fys yr anghenfil o ddyn, a chan wichian mewn poen ffliciodd Bryn y llygoden fawr oddi ar ei law ac i fyny i'r awyr.

I fyny, fyny, fyny …

… ac i law agored Dad.

"Wedi'i ddal o!" galwodd Dad. Erbyn hyn roedd o'n hongian gerfydd un llaw yng ngheg y twndis ac yn dal yn dynn yn Llywarch gyda'r llaw arall. Roedd Llywarch yn gwichian yn ddi-baid.

Ar hynny clywid sŵn byrlymu wrth i'r pâr afiach ddiflannu i grombil y peiriant.

Clonciodd a chwyrnodd y peiriant yn uwch

nag erioed wrth i'r ddau fynd trwy'r rholwyr. Yn y diwedd ymddangosodd dau fyrgyr anferthol o geg y peiriant.

Prociai sbectol haul Bryn, wedi malu'n rhacs jibidêrs, o un byrgyr. Roedd sliperi pinc fflwfflyd Ceridwen i'w gweld yn glir yn y llall. Roedden nhw'n ddau fyrgyr hynod afiach yr olwg.

BYRGYR CERIDWEN

BYRGYR BRYN

"HELP!"

gwaeddodd Dad. Roedd
o funudau o gael ei droi'n
fyrgyr ei hun ...

Trodd Begw'i sylw yn ôl
at y twndis.

Roedd   ei   thad   yn
parhau i ddal ei afael ar
ochr y peiriant malu ag un
llaw seimllyd ac yn dal yn
sownd yn Llywarch â'r llall.

Roedd traed Dad yn parhau i hofran uwchben yr hogwyr islaw, gan wneud sŵn fel darn o bapur yn cael ei ollwng i ffan ddesg wrth i'r darnau miniog daro blaenau ei esgidiau.

Gallai Begw weld ei fod yn llithro. Golygai'r saim o ffedog Bryn ei fod yn colli ei afael yn araf bach.

Unrhyw eiliad rŵan byddai'n anadlu ei anadliad olaf.

Cyn ymddangos o'r peiriant fel byrgyr arall reit fawr.

A'i phen yn dal i droi ar ôl taro'r llawr, cropiodd Begw dros lawr concrid oer a gwlyb y warws draw at y peiriant.

"Diffodd o!" gwaeddodd Dad.

Rhuthrodd Begw draw at y lifer ar yr ochr. Ond waeth faint roedd hi'n trio fedrai hi 'mo'i gael i symud modfedd.

"Mae o'n sownd!" galwodd.

"Cydia yn yr ysgol, 'te!" bloeddiodd Dad.

Edrychodd Begw. Gorweddai'r ysgol ar ei hochr ar y llawr ble y disgynnodd.

"YN GYFLYM!" galwodd Dad.

"GWIIIIIIICH!"

gwaeddodd Llywarch, gan lapio'i gynffon fach mor dynn ag y gallai o amgylch llaw rydd Dad.

"Ocê, ocê, dwi'n dod!" meddai Begw.

A'i holl nerth, cododd y ferch fach yr ysgol a rhedeg i fyny'r grisiau. Wrth gyrraedd y top syllodd i lawr i grombil y peiriant anferthol. Roedd fel petai'n syllu i geg anghenfil. Roedd y malwyr metal fel dannedd enfawr a fyddai'n eich cnoi yn fil o ddarnau mân.

"Tyrd!" meddai Dad. "Cymer Llywarch."

Estynnodd Begw i lawr er mwyn cymryd y llygoden fawr o law ei thad. Pasiodd Dad Llywarch i fyny iddi, ei goesau a'i draed wedi'u clymu gan weiren fetal o hyd. Daliodd o'n dynn at ei brest a'i gusanu ar ei drwyn. "Llywarch? Llywarch? Wyt ti'n iawn?"

Edrychodd Dad i fyny ar yr aduniad emosiynol hwn a rolio'i lygaid.

"Hitia befo amdano fo. Beth amdana i?"

"O ia, sorri Dad!" Rhoddodd Begw Llywarch ym mhoced ei siaced cyn plygu i lawr ar yr ysgol a chynnig ei dwylo er mwyn helpu i dynnu Dad i fyny. Ond roedd Dad yn drwm a siglodd Begw'n ansicr ar ben yr ysgol. Bu bron iddi ddisgyn ar ei phen i'r peiriant.

"Cymer ofal, Begw!" meddai Dad. "Dwi ddim isio dy lusgo di i mewn hefyd!"

Cymerodd Begw ambell gam yn ôl i lawr yr ysgol a chyrlio'i thraed o gwmpas un o'r grisiau er mwyn creu angor. Yna estynnodd ei dwylo allan a daliodd Dad ynddyn nhw, gan dynnu'i hun i fyny – roedd o'n ddiogel o'r diwedd.

Ar ôl dringo 'nôl i lawr yr ysgol tynnodd Dad ar y lifer, diffodd y peiriant a gorwedd ar y llawr wedi ymlâdd.

"Wyt ti'n ocê, Dad?" gofynnodd Begw gan sefyll drosto.

"Ambell gwt a chlais," meddai, "ond fe fydda i byw. Mae angen cwtsh ar dy hen dad. Dwi *yn* dy garu di, wyddost ti?"

"Ro'n i wastad yn gwybod hynny, a dwi'n dy garu di hefyd ..."

Gorweddodd Begw yn ymyl ei thad a rhoddodd yntau ei freichiau hir amdani. Wrth iddo wneud hynny, tynnodd hithau Llywarch o'i phoced a datglymu ei goesau'n ofalus. Gyda'i gilydd cafodd y tri gwtsh mawr teuluol.

Ar hynny torrodd Llywarch ar eu traws. "Gwich gwich!" meddai, cyn gwneud dawns fechan er mwyn gwneud i Begw edrych i fyny ar y tŵr o lygod mawr oedd wedi'u cywasgu mor greulon mewn caetshys.

"Dwi'n meddwl bod Llywarch yn trio dweud rhywbeth wrthon ni, Dad."

"Beth?"

"Dwi'n meddwl ei fod o isio i ni ollwng ei ffrindiau fo'n rhydd."

Edrychodd Dad i fyny ar y wal enfawr o gaetshys oedd fwy neu lai'n cyrraedd at do'r warws. Roedd pob caetsh yn llawn dop o lygod mawr oedd ar lwgu. "O ia, wrth gwrs, fe anghofies i'n llwyr!"

Symudodd Dad yr ysgol draw at y caetshys cyn sefyll arni. Yna, a Llywarch yn ddiogel yn ôl yn ei phoced, dringodd Begw ar ei ysgwyddau er mwyn cyrraedd y caetsh uchaf.

"Gofalus!" meddai Dad.

"Gwna'n siŵr dy fod yn cydio yn fy nhraed!"

"Paid â phoeni, dwi'n dy ddal di!"

O'r diwedd llwyddodd Begw i agor y caetsh cyntaf. Stryffaglodd y llygod mawr allan cyn gyflymed ag y gallen nhw cyn defnyddio'r ferch fach a'i thad fel ysgol er mwyn cyrraedd y ddaear yn ddiogel. Cyn pen dim roedd Begw wedi agor pob caetsh ac roedd miloedd o lygod mawr yn rhedeg yn gyffrous ar hyd llawr y warws, yn mwynhau eu rhyddid newydd. Yna torrodd Begw a'i thad y tanc o gocrotsis (y bu ond y dim iddyn nhw gael eu troi yn 'sos coch'!) ar agor.

"Sbia," meddai Dad. "Neu, ar ôl meddwl, paid â sbio. Rwyt ti'n rhy ifanc i weld hyn."

Wrth gwrs, fel y gwyddost, ddarllenydd, does dim yn fwy sicr o wneud i blentyn edrych na hynny.

Ac, yn wir i chi, fe edrychodd Begw.

Y byrgyrs Bryn a Ceridwen newydd eu creu

oedd wedi dal sylw Dad. Roedd y llygod mawr yn eu llowcio nhw'n awchus ac yn dial, o'r diwedd!

"O diar," meddai Begw.

"O leia maen nhw'n cael gwared ar y dystiolaeth," meddai Dad. "Rŵan tyrd yn dy flaen, gwell i ni fynd o fan hyn …"

Cymerodd Dad law ei ferch a'i harwain allan o'r warws. Edrychodd Begw yn ôl ar y fan dolciog.

"Beth am y fan fyrgyrs? Fydd Bryn ddim ei hangen hi mwyach," meddai.

"Na fydd, ond beth ar wyneb y ddaear ydyn ni'n mynd i'w wneud â hi?" gofynnodd Dad gan edrych ar ei ferch mewn penbleth.

"Wel," meddai Begw, "mae gen i syniad ..."

30

Rhannu 'Stafell

Trodd y gaeaf yn wanwyn wrth i'r fan gael ei hailaddurno. Fe gymerodd wythnos dim ond i gael gwared ar y saim oedd wedi cronni ar bopeth yn y cerbyd, y tu mewn a'r tu allan. Roedd hyd yn oed y llyw yn drwch o lysnafedd afiach. Serch hynny, doedd y dasg ddim yn teimlo fel gwaith gan fod Begw a'i thad wedi gwneud y rhan fwyaf ohono gyda'i gilydd ac, er syndod, bu'n dipyn o hwyl. Gan ei fod mor hapus, aeth tad Begw ddim i'r dafarn yr un waith, a gwnaeth hynny Begw'n hapus hefyd.

Ond roedd un broblem, wrth gwrs. Gan ei fod yn ddi-waith dim ond ychydig o arian budd-dâl roedd tad Begw yn ei dderbyn. Doedd o'n ddim byd, mewn gwirionedd, a phrin yn ddigon i brynu bwyd iddo fo a'i ferch, heb sôn am adnewyddu fan.

Ond, diolch byth, roedd dad yn foi dyfeisgar.

Fe ddaeth o hyd i lawer o'r manion bethau yr oedd arno'u hangen ar gyfer y fan yn y domen sbwriel. Achubodd hen rewgell fach a'i thrwsio. Defnyddiodd honno er mwyn cadw'r lolis rhew yn oer. Roedd hen sinc yr union faint i ffitio yng nghefn y fan er mwyn golchi'r sgŵps. Daeth Begw o hyd i hen dwndis mewn sgip a, gan ddefnyddio ychydig o baent a *papier mâché*, llwyddodd y tad a'r ferch i'w droi yn gôn hufen iâ i'w roi ar flaen y fan.

Ac felly, o'r diwedd, roedd y cyfan yn barod.

Eu fan hufen iâ nhw eu hunain.

Roedd gwaharddiad Begw o'r ysgol yn dod i ben yfory. Serch hynny, roedd un penderfyniad olaf i'w wneud o hyd. Un peth mawr, hollbwysig yr oedd angen iddyn nhw gytuno arno. Un mater hynod bwysig nad oedd wedi'i benderfynu.

Beth i'w ysgrifennu ar ochr y fan.

"Fe ddylet ti ei henwi ar dy ôl di," meddai Begw wrth iddyn nhw edmygu eu gwaith caled. Safai'r fan ym maes parcio'r stad gan ddisgleirio yn haul y prynhawn. Daliai Dad frwsh a phot o baent yn ei law.

"Na, mae gen i syniad gwell," meddai gan wenu. Cododd ei law i fyny at ochr y fan a dechrau peintio llythrennau. Edrychodd Begw arno'n llawn chwilfrydedd.

'Ll' oedd y llythyren gyntaf.

"Dad, beth wyt ti'n ysgrifennu?" gofynnodd Begw'n ddiamynedd.

"Shhh," atebodd ei thad. "Gei di weld."

Yna 'Y', ac yna 'W'.

Cyn hir roedd Begw wedi deall a fedrai hi ddim peidio â bloeddio "Llywarch!".

"Ia, ha ha!" chwarddodd Dad. "Hufen iâ Llywarch."

"Dwi wrth fy modd efo'r enw," meddai Begw gan neidio i fyny ac i lawr yn gyffrous ar y palmant.

O dan enw Llywarch ychwanegodd Dad yr 'H', yna'r 'U', yna'r 'F', 'E' ac 'N', yna gadawodd fwlch cyn ychwanegu'r 'I' ac 'Â', gan gofio'r acen grom gan fod pawb yn gwybod bod acenion crom yn bwysig.

"Wyt ti'n siŵr dy fod ti am alw'r fan ar ei ôl o?" gofynnodd Begw. "Dim ond babi llygoden fawr ydi o, wedi'r cyfan."

"Wn i, ond hebddo fo fyddai dim o hyn wedi digwydd."

"Ti'n iawn, Dad. Mae o'n foi bach arbennig iawn."

"Ddywedaist ti byth wrtha i pam i ti ei alw fo'n Llywarch, gyda llaw," meddai Dad.

Llyncodd Begw. Nid dyma'r lle na'r amser i ddweud wrth ei thad mai enw math o doilet oedd i'w weld ar ochr ei fan hufen iâ loyw.

"Ymmm … mae hi'n stori hir, Dad."

"Mae gen i hen ddigon o amser."

"Reit … wel, rhywbryd eto. Dwi'n addo. A dweud y gwir gwell i fi fynd i'w nôl o. Dwi isio iddo fo weld beth ry'n ni wedi'i wneud i'r fan …"

Roedd Llywarch wedi tyfu'n fawr erbyn hyn a doedd o ddim yn ffitio i boced siaced Begw mwyach. Felly roedd hi wedi'i adael o yn y fflat.

Rhedodd Begw i fyny grisiau'r bloc o fflatiau yn llawn cyffro a rhuthro i'w hystafell wely. Roedd Llywarch yn sgrialu o amgylch hen gaetsh Cochyn. Roedd Dad wedi prynu'r caetsh yn ôl o'r siop wystlo trwy ei gyfnewid am focs enfawr o greision prôn coctel nad oedd ei wraig, trwy ryw ryfedd wyrth, wedi'u bwyta.

Wrth gwrs, nid ystafell wely Begw'n unig oedd hi mwyach.

Na. Ers i'r wal ddymchwel roedd Begw yn rhannu'r ystafell, a honno bellach ddwywaith ei maint gwreiddiol, â rhywun arall.

Tanwen Tomos.

Roedd y cyngor wedi addo ailadeiladu'r wal ers tro ond roedd hi'n dal wedi dymchwel. Er mawr syndod i Begw, pan aeth hi mewn i'r ystafell dyna lle'r oedd Tanwen yn penlinio wrth y caetsh ac yn bwydo crystiau bach o fara yn dyner i'r llygoden fawr trwy'r bariau.

"Beth wyt ti'n gwneud?" mynnodd Begw.

"O, roeddwn i'n meddwl efallai ei fod o isio bwyd ..." meddai Tanwen. "Gobeitho nad oes ots gen ti."

"Fe wna i ei fwydo, diolch yn fawr," atebodd Begw gan gipio'r bara o law Tanwen. Roedd hi'n dal yn amheus iawn o bopeth a wnâi'r ferch fawr. Wedi'r cyfan, Tanwen oedd yr un a boerai ar wallt Begw bob dydd ar y ffordd i'r ysgol. Nid ar chwarae bach y byddai Begw'n anghofio am yr holl boen a achosodd hi.

"Dwyt ti'n dal ddim yn fy nhrystio i?" gofynnodd Tanwen.

Meddyliodd Begw am eiliad. "Jyst gobeithio y gwneith y cyngor ailadeiladu'r wal yna'n fuan," meddai o'r diwedd.

"'Dio'r ots gen i," meddai Tanwen. "Dwi wedi mwynhau rhannu stafell efo ti, fel mae'n digwydd."

Ddywedodd Begw ddim byd. Ymledodd y

tawelwch uwch eu pennau am foment, ac yna dechreuodd Tanwen aflonyddu.

Aaaaa! meddyliodd Begw. *Paid â theimlo trueni dros Tanwen Tomos!*

Ond y gwir amdani oedd bod Begw, dros yr wythnosau diwethaf, wedi dod i ddeall llawer mwy am fywyd Tanwen. Am sut y sgrechiai ei thad afiach arni bob nos, fwy neu lai. Roedd tad Tanwen yn glamp o ddyn mawr. Roedd o'n mwynhau gwneud i'w ferch deimlo'n ddiwerth, a gwnaeth hyn i Begw feddwl yn gynyddol ai dyma pam y gwnâi Tanwen yr un fath i bobl eraill. Nid yn unig i Begw, ond i *unrhyw un* oedd yn wannach na hi; cylch dieflig o greulondeb a fyddai'n parhau i droi a throi a throi am byth oni bai bod rhywun yn rhoi stop arno.

Ond er cymaint yr oedd Begw bellach yn deall Tanwen, doedd hi ddim yn hoffi'r ferch o hyd.

"Mae angen i fi ddweud rhywbeth wrthat ti, Begw," meddai Tanwen yn sydyn, ei llygaid yn llenwi â dagrau. "Rhywbeth nad ydw i erioed wedi'i ddweud wrth unrhyw un. Erioed. Erioed, erioed, erioed. Ac os gwnei di ei ailadrodd o, bydda i'n dy ladd di."

Mawredd, meddyliodd Begw. *Beth ar wyneb y ddaear allai o fod? Ai rhyw gyfrinach ofnadwy? Oes gan Tanwen ail ben mae hi'n ei guddio o dan ei siwmper? Ydi hi, mewn gwrionedd, yn fachgen o'r enw Bob?*

Ond na, ddarllenydd. Dim un o'r pethau hyn.

Roedd o'n rhywbeth mwy syfrdanol o lawer …

31

Llygoden Fawr Fyd-enwog

"Mae'n ddrwg gen i," meddai Tanwen, o'r diwedd.

"*Mae'n ddrwg gen i?* Dyna'r peth dwyt ti erioed wedi'i ddweud wrth unrhyw un, erioed?"

"Ym … ia."

"O," meddai Begw. "O, ocê."

"O, ocê, rwyt ti'n maddau i fi?"

Edrychodd Begw ar y ferch fawr. Ochneidiodd. "Ydw, Tanwen. Dwi'n maddau i ti," meddai.

"Mae'n *wir* ddrwg gen i am fod mor greulon tuag atat ti," aeth Tanwen yn ei blaen. "Dwi jyst … dwi jyst yn mynd mor flin. Yn enwedig pan mae fy nhad yn … wyddost ti. Mae o jyst yn neud i fi fod isio sathru ar rywbeth bach."

"Fel fi."

"Wn i. Mae'n wir, wir ddrwg gen i." Roedd Tanwen yn crio erbyn hyn, hyd yn oed. Roedd y cyfan yn gwneud i Begw deimlo braidd yn anesmwyth – bron y byddai'n well ganddi petai Tanwen yn poeri ar ei phen. Rhoddodd Begw'i breichiau o amgylch y ferch a'i chwtsho'n dynn.

"Wn i, wn i," meddai'r ferch fach yn dyner. "Mae ein bywydau ni i gyd yn anodd, rhywsut neu'i gilydd. Ond gwranda arna i …" Sychodd Begw ddagrau Tanwen yn dyner â'i bodiau. "Mae angen i ni fod yn garedig tuag at ein gilydd, a sticio efo'n gilydd, iawn? Mae'r lle yma'n ddigon anodd heb i ti wneud fy mywyd i'n fwy diflas, ocê?"

"Felly dim mwy o boeri ar dy ben di?" meddai Tanwen.

"Na."

"Dim hyd yn oed ar ddyddiau Mawrth?"

"Dim hyd yn oed ar ddyddiau Mawrth."

Gwenodd Tanwen. "Ocê."

Pasiodd Begw'r crystiau bara yn ôl i Tanwen. "'Dio'r ots gen i os wyt ti'n bwydo fy machgen bach i. Caria di 'mlaen."

"Diolch," meddai Tanwen. "Wyt ti wedi dysgu unrhyw driciau newydd iddo fo?" gofynnodd â'i hwyneb yn goleuo wrth aros am yr ateb.

"Tynna fo allan o'i gaetsh ac fe ddangosa i i ti," meddai Begw.

Agorodd Tanwen ddrws y caetsh yn ofalus a dringodd Llywarch yn betrus ar ei llaw. Y tro hwn wnaeth o ddim ei chnoi hi: yn hytrach dyma fo'n rhwbio'i ffwr meddal yn erbyn ei bysedd.

Cymerodd Begw gneuen fwnci o fag ar y silff wrth i'w ffrind newydd osod Llywarch yn dyner ar y carped oedd yn parhau yn drwch o lwch. Dangosodd y gneuen fwnci iddo.

Yn syth bin safodd Llywarch ar ei goesau ôl gan wneud dawns ddoniol wysg ei gefn cyn i Begw roi'r gneuen iddo. Cymerodd y gneuen rhwng ei bawennau a'i chnoi'n farus.

Dechreuodd Tanwen gymeradwyo'n wyllt. "Mae hynna'n anhygoel!" meddai.

"Dyw hynna'n ddim byd!" atebodd Begw'n falch. "Gwylia hyn!"

Ar ôl cael addewid o fwy o gnau mwnci, rholiodd Llywarch ymlaen, gwnaeth fflip a throelli ar ei gefn fel petai'n dawnsio hip-hop, hyd yn oed!

Fedrai Tanwen ddim coelio'i llygaid.

"Fe ddylet ti fynd â fo ar y rhaglen dalent yna ar y teledu," meddai Tanwen.

"Byddwn i wrth fy modd!" meddai Begw. "Fo fyddai'r llygoden fawr fyd-enwog gyntaf erioed. A gallet ti fod yn gynorthwy-ydd i fi."

"Fi?!" meddai Tanwen yn methu â choelio'i chlustiau.

"Ia, ti. A dweud y gwir, mae arna i angen dy help di efo tric newydd dwi wedi wedi bod yn ei gynllunio."

"Wel ... wel, mi fyddwn i wrth fy modd!" ebychodd Tanwen. Yna dywedodd "O!" fel petai hi wedi cofio rhywbeth.

"Beth sydd?" gofynnodd Begw.

"Y sioe dalent diwedd tymor!"

Doedd Begw'n dal heb fod yn ôl yn yr ysgol ers i'w gwaharddiad tair wythnos gychwyn ac roedd hi wedi anghofio'n llwyr am y sioe.

"O, ia, yr un mae Miss Corr yn ei threfnu."

"Corrach, ia. Fe ddylai Llywarch gystadlu, heb os."

"Fyddai Miss Corr *byth* yn gadael i fi fynd â Llywarch yn ôl i'r ysgol. Fo oedd y rheswm y cefais fy anfon oddi yno yn y lle cyntaf!"

"Na, na, na, fe siaradon nhw am y peth yn y gwasanaeth. Gan fod y sioe yn cael ei chynnal gyda'r nos mae'r prifathro wedi creu rheol newydd. Mae anifeiliaid anwes yn cael dod."

"Wel, dydi o ddim yn gi nac yn gath, ond mae o yn anifail anwes i mi, am wn i," rhesymodd Begw.

"Wrth gwrs ei fod o! A gwranda ar hyn. Mae'r Corrach yn chwarae'r tiwba – dwi wedi'i chlywed hi'n ymarfer. Mae hi'n ofnadwy! Mae'r plant i gyd yn tybio'i bod hi ond yn gwneud gan ei bod hi isio creu argraff ar y prifathro."

"Felly mae hi *yn* ei ffansïo fo!"

Chwarddodd y ddwy ferch. Roedd y syniad o'r athrawes anarferol o fach yn chwarae'r offeryn anarferol o fawr eisoes yn chwerthinllyd, heb sôn am y ffaith fod Miss Corr yn defnyddio sain dwfn y tiwba er mwyn hudo'r prifathro!

"Mae'n rhaid i mi ei gweld hi'n gwneud hynna!" meddai Begw.

"Fi hefyd," chwarddodd Tanwen.

"Dwi angen dangos rhywbeth i Llywarch lawr staer yn gyflym, yna gallwn ni dreulio heno yn gweithio gyda'n gilydd ar y tric newydd!"

"Fedra i ddim aros!" atebodd Tanwen yn gyffrous.

32

Gormod o Gyffug

Roedd rhedeg i lawr y grisiau'n haws na mynd i fyny, a chyn bod y paent ar ochr y fan wedi sychu roedd Begw'n dangos ffrwyth ei gwaith caled hi a'i thad i Llywarch. Dringodd Dad i'r fan ac agor yr hatsh ar ochr y fan. Doedd Begw erioed wedi gweld ei thad yn edrych mor hapus.

"Reit, felly, ti yw fy nghwsmer cyntaf i. Beth hoffech chi, madam?"

"Mmm ..." Archwiliodd Begw'r amrywiol flasau. Bu'n amser hir ers iddi flasu hufen iâ ei thad – a dweud y gwir, doedd hi ddim yn meddwl iddi gael hufen iâ o gwbl ers y nosweithiau hynny pan fyddai ei thad yn rhuthro adref o'r ffatri â rhyw flas newydd gwallgof neu'i gilydd iddi drio.

"Côn neu gwpan, madam?" gofynnodd Dad, a oedd eisoes wrth ei fodd â'i swydd newydd.

"Côn, os gwelwch yn dda," atebodd Begw.

"Oes unrhyw flas yn arbennig yn mynd â'ch bryd?" gofynnodd Dad yn wên o glust i glust.

Pwysodd Begw dros y cownter ac astudio'r rhestr hir o flasau a oedd yn ddigon i dynnu dŵr o'i dannedd. Wedi'r holl flynyddoedd hynny yn y ffatri, fe wyddai Dad yn union sut i greu blasau hufen iâ gwirioneddol fendigedig.

Roedd yna:

Mynydd Siocled Triphlyg

Chwildro Mefus & Chnau Cyll

Cyffug, Cyffug & Mwy o Gyffug

Ffrwydrad Taffi a Phopcorn

Caramel & Mêl Crensiog

Syprêis Cyffugtastig

Twti-Ffrwti-Lwti
Hufen iâ Mafon â Thalpiau o Siocled Tywyll
Cyffug Dwbwl & Hufen Cnau Coco
Bisgedi & Charamel Crensiog
Cyffug, Cyffug & Mwy o Gyffug
Chwildro Taffi & Chnau Mwnci
Pistasio & Siocled Gwyn
Pei Banoffi â Thalpiau Cyffug Anferthol
Menyn Caramel Ffrwydrol
Ysgytlaeth Malws Melys Arbennig
Siocled Pedrwbl â Chwyrliadau Mêl
Wyau Siocled Bach & Ffrwythau'r Goedwig
Malwod & Brocoli
Cyffug, Cyffug, Cyffug, Cyffug, Cyffug, Cyffug,
a gormod o gyffug erbyn hyn.

Dyma'r casgliad mwyaf anhygoel o flasau hufen iâ yn y byd i gyd. Heblaw am y blas Malwod & Brocoli, yn amlwg.

"Mmmm ... Maen nhw i gyd yn edrych mor flasus, Dad. Mae'n rhy anodd o lawer dod i benderfyniad ..."

Edrychodd Dad i lawr ar ei gasgliad o hufen iâ. "Wel, bydd yn rhaid i fi roi un o bob blas i ti, 'te!"

"Ocê," meddai Begw. "Ond gad y blas Malwod & Brocoli, falle?"

Ymgrymodd ei thad. "Fel rwyt ti'n ddymuno, madam."

Wrth i'w ferch roi chwerthiniad bach pentyrrodd Dad flas ar ben blas ar ei chôn hyd nes ei fod bron cyn daled â hi. A Llywarch yn un llaw, ceisiodd Begw ddal y côn hufen iâ anferthol yn y llall.

"Fedra i ddim bwyta hwn i gyd ar fy mhen fy hun!" chwarddodd Begw. Edrychodd i fyny ar y bloc o fflatiau, a gwelodd Tanwen yn edrych i lawr arni o ffenest yr hanner canfed llawr.

"TANWEN! TYRD I LAWR" gwaeddodd Begw ar dop ei llais.

Cyn pen dim roedd llwyth o blant yn gwthio'u hwynebau allan o ffenestri eu fflatiau er mwyn gweld beth oedd yr holl dwrw.

"POB UN OHONOCH CHI!" gwaeddodd Begw i fyny arnyn nhw. Roedd hi'n adnabod ambell un, ond roedd y rhan fwyaf yn ddieithr iddi. Welodd hi erioed rai ohonyn nhw o'r blaen, er eu bod nhw i gyd wedi'u cywasgu mor dynn at ei gilydd yn yr adeilad cam, enfawr, hyll yma. "Dewch i lawr, bawb, er mwyn fy helpu i orffen fy hufen iâ."

O fewn eiliadau, roedd cannoedd o blant â wynebau bach budr ond awyddus yn rhuthro i lawr i'r maes parcio er mwyn cymryd eu tro i gael cegaid o hufen iâ chwerthinllyd o dal Begw. Ymhen ychydig, rhoddodd Begw'r twr hufen iâ yn nwylo Tanwen. Gwnaeth hithau'n siŵr fod y plant i gyd yn cael cyfran deg, yn enwedig y rhai lleiaf nad oedd eu cegau'n medru cyrraedd mor uchel â hynny.

Wrth i'r sŵn chwerthin gynyddu ac wrth i'r haul fachlud, gadawodd Begw'r plant hapus â gwên ar eu hwynebau a mynd i eistedd ar ei phen ei hun ar wal gyfagos. Brwsiodd y sbwriel oddi ar y wal a dal Llywarch i fyny at ei hwyneb. Yna rhoddodd gusan fach dyner iddo ar dop ei ben.

"Diolch," sibrydodd wrtho. "Dwi'n dy garu di."

Gwyrodd Llywarch ei ben ac edrych i fyny arni, â'r wên fach anwylaf fyw ar ei wyneb. "Gwich, gwiich, gwiiich, gwiiiich," meddai. Sydd, wrth gwrs, yn cyfieithu o iaith llygod mawr i'r Gymraeg fel:

"Diolch. Dwi'n dy garu di hefyd."

Epilog

"Diolch, Miss Corrach, hynny yw, Miss Corr, am chwarae'r tiwba mor swynol," meddai Mr Llwyd yn gelwyddog. Bu'n wirioneddol erchyll. Fel hipopotamws yn rhechu.

Simsanodd Miss Corr oddi ar y llwyfan yn ystod sioe dalent yr ysgol, yn anweledig y tu ôl i'w hofferyn enfawr, trwm.

"Y ffordd yna, Miss Corr," galwodd Mr Llwyd mewn llais pryderus.

"Diolch, brifathro," daeth llais aneglur, eiliad cyn i Miss Corr fynd ar ei phen i mewn i'r esgyll. Swniai'r tiwba'n well wrth daro'r wal na phan y bu hithau'n ei chwarae.

"Dwi'n iawn!" galwodd Miss Corr oddi tan ei thiwba chwerthinllyd o fawr.

"Ym … iawn," meddai Mr Llwyd.

"Ond efallai y bydd angen cusan bywyd arna i!"

Aeth Mr Llwyd hyd yn oed yn fwy llwyd (os oedd hynny'n bosib).

"Nesaf," meddai, gan anwybyddu'r athrawes oedd yn straffaglu o dan ei hofferyn pres gwirion. "Rhowch groeso mawr i'r llwyfan i'r perfformiwr olaf – Begw!"

Daeth sŵn pesychu o ochr y llwyfan.

Edrychodd Mr Llwyd i lawr ar ei ddarn papur. "O, ym, Begw a Tanwen!"

Cymeradwyodd yr holl gynulleidfa, ond neb yn uwch na Dad a eisteddai'n falch yn y rhes flaen. Roedd Huw yn eistedd y drws nesaf iddo yn curo dwylo'n gyffrous.

Rhedodd Begw a Tanwen ymlaen i'r llwyfan, mewn tracwisgoedd oedd yn cydweddu, ac ymgrymu o flaen y gynulleidfa. Yna gorweddodd

Tanwen i lawr ar y llwyfan wrth i Begw osod yr hyn a edrychai fel rampiau bychan, oedd wedi'u gwneud o focsys grawnfwyd, o boptu iddi.

"Foneddigion a boneddigesau, fechgyn a merched, rhowch groeso i Llywarch Llamsachus!" meddai'r ferch fach bengoch.

Y foment honno, gwibiodd Llywarch ar draws y llwyfan yn gwisgo helmed bitw bach ac yn eistedd ar gefn tegan beic modur wedi'i weindio y prynodd Dad o siop elusen a'i drwsio.

Aeth y dorf yn wyllt dim ond o'i weld, heblaw am Huw, a orchuddiodd ei lygaid mewn braw. Roedd o'n parhau i fod ag ofn llygod mawr.

"Rwyt ti'n gallu gwneud hyn, Llywarch," sibrydodd Begw. Wrth iddyn nhw ymarfer fe fethodd o'r ramp ambell dro gan yrru heibio iddo, ond doedd hynny ddim yn ddeunydd sioe gyffrous iawn.

Gwibiodd Llywarch yn gynt ac yn gynt wrth iddo gyrraedd y ramp.

Tyrd yn dy flaen, tyrd yn dy flaen, tyrd yn dy flaen, meddyliodd Begw.

Tarodd y llygoden fawr y ramp yn berffaith.

Hwrê!

Cododd Llywarch i'r awyr—

Hedfanodd Llywarch

trwy'r awyr—

O na! meddyliodd Begw.

Roedd o'n dod i lawr yn rhy gynnar. Roedd o'n mynd i fethu'r ramp ar yr ochr arall.

I lawr, lawr, lawr y disgynnodd Llywarch—

Daliodd Begw'i hanadl—

Ac yna fe laniodd ar fol helaeth Tanwen.

Bownsio 'nôl i'r awyr.

A glanio ar y ramp ar yr ochr arall.

Roedd hi'n foment o lawenydd pur. Edrychai'r holl beth yn fwriadol, fwy na thebyg.

"Wwff," meddai Tanwen.

"Gwiiiiich," meddai Llywarch gan ddod â'i féic modur i stop perffaith.

Safodd y gynulleidfa ar eu traed yn syth a chymeradwyo am hydoedd. Speciodd Huw o'r tu ôl i'w ddwylo, hyd yn oed.

Edrychodd Begw ar Llywarch, yna ar Tanwen, yna ar ei thad oedd yn cymeradwyo fel dyn o'i go.

Gwenodd o glust i glust.